Andrea Camilleri

Eine Sache der Ehre

Andrea Camilleri
Eine Sache der Ehre

Zwei wahre Geschichten

Aus dem Italienischen
von Monika Lustig

Piper
München Zürich

Die Originalausgabe von »Eine Sache der Ehre« erschien 1993 unter dem Titel »La bolla di componenda«, »Das vergessene Massaker« erschien 1984 unter dem Titel »La strage dimenticata«; beide bei Sellerio in Palermo.

Von Andrea Camilleri liegen bei Piper außerdem vor:

Die sizilianische Oper (Serie Piper 3440)
Jagdsaison (Serie Piper 7013)
Das launische Eiland (Piper Original 7020)
Hahn im Korb (Piper Original 7026)

ISBN 3-492-04422-0

Gesamtherstellung: Clausen & Bosse, Leck
Printed in Germany

www.piper.de

1.

»*Travagliari*« – oder besser noch »*travagghiari*« – bedeutet auf sizilianisch einfach nur arbeiten; es wird dabei nicht unterschieden zwischen körperlicher Schwerarbeit, bei der man sich das Kreuz ausrenkt, oder geistiger Arbeit, die möglicherweise sogar Spaß macht. Im Italienischen ist die Sache grundlegend anders: Da impliziert *travagliare* in jedem Fall einen großen Kräfteaufwand, eine Riesenanstrengung, Weh und Leid; in der Tat sind mit *travaglio* die Geburtswehen gemeint, und in der gehobeneren Sprache spricht man von *travaglio dell'anima*, Seelenleid.

Über dreißig Jahre habe ich als Regisseur und Produzent von Schauspielen, zuerst in sizilianischem Dialekt, dann mehr und mehr auf italienisch, bei der Staatlichen Italienischen Rundfunk- und Fernsehanstalt gearbeitet. Eines schönen Tages, lang ist's her, wurde ich gebeten, die Regie einer sechsteiligen Fernsehreportage mit dem Titel *Familienporträt* zu übernehmen. Das Leben einer Reihe von Familien sollte untersucht werden, um damit einen Querschnitt durch das Italien jener Zeit zu ziehen – angefangen bei der Familie eines Arbeitslosen bis zu der eines bekannten Managers. Meine allerererste Reaktion war abzulehnen; als Ausrede hätte ich mit Leichtigkeit anführen können, daß ich als Schauspielregisseur (heute würde man sagen: ein Regisseur der Fiction) unter Vertrag stand und diese Reportage mit Sicherheit kein Schauspiel war. Aber das wäre nur ein Vorwand gewesen. Der wahre Grund für meine ablehnende Reaktion war ein anderer und nicht ganz einfach zu erklären.

Heute bin ich sehr wohl in der Lage, das klarzustellen. Nachdem ich mein ganzes Leben damit zugebracht hatte, die Leute mit Hilfe der *illusion comique* zu täuschen, hatte ich einfach keine Lust, sie mit der *illusion sociologique* hinters Licht zu führen. Es bedurfte gewiß weder eines großen Genies noch eines besonders scharfen Verstands, um zu begreifen, wohin die ganze Geschichte führen würde: Im Anschluß an jede einzelne Sendung würde es eine Riesendiskussion geben, und Scharen von Politikern, Soziologen, Pfaffen, Fachleuten, Statistikexperten, Technikern, Psychologen und was es sonst noch alles gibt, würden schleunigst vor Gott und der Welt verkünden, daß es sich – vielleicht abgesehen von einem winzigen Schönheitsfleck, der purer Nachlässigkeit anzulasten ist – nirgendwo besser als in unserem schönen Land leben läßt.

Ich änderte meine Meinung, als ich den Namen des Autors hörte, der diesen Stoff verarbeitete und dem auch die Leitung der Sendung anvertraut war: Giorgio Vecchietti. Persönlich war ich ihm noch nie begegnet, doch war ich sehr gut mit seinem Bruder bekannt, einem Theatermenschen, der seine Komödien unter dem Künstlernamen Massimo Dursi herausbrachte. Es hieß, Vecchietti sei ein Gentleman und ein guter Journalist, also jemand, mit dem man reden konnte. Und das stellte eine gewisse Garantie für die Ausgewogenheit der Reportage dar. Außerdem erzählte man sich, daß er ein waschechter Bologneser, also ein geselliger Mensch war, der keinen Hehl daraus machte und sich die gute Küche schmecken ließ. Mein Interesse an ihm gründete in allererster Linie auf der Tatsache, daß er als blutjunger Mann Mitdirektor der Zeitschrift *Primato* an der Seite von Giuseppe Bottai gewesen war, der zu der raren Sorte faschistischer Parteibonzen mit Intelligenz und Kultur gehörte.

Dieser Zeitschrift, die seinerzeit zum Glück ihren Weg in den einzigen Kiosk meines verlassenen sizilianischen Dorfs fand, verdanke ich in gewisser Weise meine Bildung: Ganze Nächte schlug ich mir um die Ohren, weil ich in die Lektüre von Essays, Erzählungen und Gedichten daraus vertieft war, und verdarb mir ziemlich das Augenlicht. Ich erinnere mich, wie ich nach der Lektüre der Rezension des Ernst-Jünger-Buchs *Auf den Marmorklippen* von Giaime Pintor wie betäubt durch die Straßen des Dorfs schwankte, während über mir ein Bombenhagel aus der Luft niederging und die Leute schrien, man müsse sich im Luftschutzkeller in Sicherheit bringen; außerdem erinnere ich mich, daß die Debatte über den Existentialismus, an der sich Abbagnano, Paci, Della Volpe und andere beteiligten, auf mich wie ein leichtes Fieber verbunden mit Hautreizungen wirkte.

Als ich Vecchietti dann persönlich kennenlernte, begann ich in den Arbeitspausen, ihn über Personen und Ereignisse aus seiner Zeit bei *Primato* auszufragen, und vielleicht brachte ihn meine nicht nachlassende Neugier dazu, sich auch für mich zu interessieren. Jedenfalls begannen wir, zusammen auszugehen und über dies und jenes zu plaudern –

gewiß nicht wie Kumpels (der Altersunterschied zwischen uns war einfach zu groß), aber dennoch in sehr freundschaftlichem Einvernehmen. Eines Abends erzählte er mir beim Essen eine Sache, die ihm vor Zeiten zugestoßen war und die ich hier wortwörtlich wiedergebe:

»Wie du weißt, war ich eine Zeitlang Direktor der Nachrichtensendung des Zweiten Fernsehkanals, also dem, der nicht katholisch ausgerichtet war. Ich hatte vor, eine modernere und lebendigere Nachrichtensendung als die des Ersten Kanals zu machen, der von Haus aus regierungstreu ist. So begann ich, die Nachrichten aus dem Programm zu nehmen, die mir sekundär und ohne Belang für die Nation erschienen. Beispielsweise schaffte ich die Reportagen ab, die sich auf den ›Bandschnitt bei Eröffnungen‹ oder auf die ›Legung eines Grundsteins‹ bezogen, denn das bedeutete, daß kostbare Minuten der Nachrichtensendung einem Untersekretär gewidmet waren, der den Grundstein für den Bau des städtischen Tierheims irgendwo am Ende der Welt legte, oder einem bekannten Parlamentsabgeordneten, der die Eröffnung eines neuen Saumpfads zwischen zwei lieblichen, aber leider völlig abgeschiedenen Ortschaften in den Friauler Bergen feierte. Es handelte sich um Beiträge, die ganz eindeutig auf Anregung eines Lokalpolitikers zustande gekommen waren, der auf diesem Weg sein eigenes Image als Politmensch aufpolieren wollte. Das zog zwar einige Beschwerden nach sich, aber mehr auch nicht. Eine andere Art von Reportagen, die ich aus den Nachrichten nahm, hatten zum Thema: ›Brillante Operation der Guardia di finanza‹ oder so ähnlich. Die Bildsequenz war stets die gleiche: Ein Schnellboot der Guardia di finanza flankierte ein Wasserfahrzeug, Schiff oder Fischkutter oder was auch immer es war, die Beamten stürmten an Bord, und aus dem Laderaum tauchten Kisten mit Schmuggelzigaretten auf – merkwürdigerweise immer von derselben Marke (doch das wurde mir erst nach der Begegnung, von der ich dir noch erzählen werde, bewußt) –, die dann beschlagnahmt wurden. Wenn ich solch einen Beitrag strich, würde sich keiner beklagen, und in der Tat beklagte sich niemand: Die Beiträge verschwanden, ohne Aufsehen zu erregen.

Einige Zeit später befand ich mich zu Fuß auf dem Nachhauseweg in der Nähe des Pantheon. Es war ein milder römischer Oktobertag, der richtig Lust auf einen Spaziergang machte. Ich ging gerade durch eine ziemlich enge Straße, als hinter mir die Scheinwerfer eines Autos aufblinkten. Ich quetschte mich an die Hauswand, um den Wagen vorbeizulassen. Doch als die Luxuslimousine auf meiner Höhe war, kam sie sacht zum Stehen, die hintere Wagentür ging auf, und eine sehr kultivierte und charmante Stimme forderte mich auf: ›Doktor Vecchietti, gestatten Sie mir, daß ich Sie nach Hause begleite?‹

Abzulehnen erschien mir unhöflich. Ich stieg ein, und das Auto setzte sich langsam wieder in Bewegung. Im Innern lag der Duft eines raffinierten Rasierwassers, und die Sitze waren aus echtem Leder. Trotz des schwachen Lichts konnte ich erkennen, daß ich den Mann neben mir noch nie gesehen hatte.

›Kennen wir uns?‹ fragte ich.

›Sie mich nicht, aber ich kenne Sie aufgrund Ihres guten Rufs.‹

›Du guter Gott‹, wehrte ich ab.

Eine kurze Schweigepause trat ein. Dann kam der distinguierte und höfliche Herr um die Sechzig auf den Punkt: ›Unsere Begegnung verdankt sich nicht dem Zufall. Mein Chauffeur folgt Ihnen bereits, seitdem Sie Ihr Büro verlassen haben. Es war nicht meine Absicht, Sie zu Hause oder an Ihrem Arbeitsplatz zu belästigen. Ich möchte Ihrer geschätzten Aufmerksamkeit lediglich ein winziges Problem unterbreiten.‹

Er bat mich also nicht um einen Gefallen. Er verhielt sich wie ein echter englischer Gentleman, genauso very english wie der Stoff seines Anzugs es war. Er fuhr fort, ohne mir Gelegenheit zu einer Widerrede zu geben.

›Wie ich weiß, haben Sie Ihren Redakteuren Weisungen gegeben, keine weiteren Beiträge über die Beschlagnahmung von Schmuggelzigaretten zu fertigen. Ich möchte Ihnen nun begreiflich machen, weshalb diese Maßnahme am Ende ganz bestimmten Interessen zuwiderläuft.‹

›Sind Sie von der Guardia di finanza?‹ platzte ich ziemlich unwirsch heraus.

Der Herr sah mich verwundert an.

›Ich?! Nein, da sind Sie völlig auf dem Holzweg. Ich werde mein Bestes tun, um die Sache zu erklären. Also gut, die Führung der Guardia di finanza, sagen wir mal, in Barletta, bekommt einen heißen Tip, wie man einen anonymen Hinweis im Jargon nennt, und der enthält so viele Einzelheiten, daß er glaubwürdig erscheint. An einem bestimmten Tag, zur Stunde X in der Nacht, wird soundsoviele Meilen von der Küste entfernt ein Schmugglerschiff auf die Ladefahrzeuge für die Ware warten. Gleichzeitig wird auf dieselbe Art und Weise der Lokalberichterstatter der Nachrichten davon in Kenntnis gesetzt, der so lange drängt und bettelt, bis man ihn an Bord des Schnellboots gehen läßt. Auch er muß ja schließlich seine Arbeit tun, oder nicht? Die Operation verläuft erfolgreich, das Ganze wird gefilmt und übertragen. Und so ist jeder auf seine Kosten gekommen. War das deutlich genug?‹

›Sie haben klar und deutlich gesprochen‹, erwiderte ich, ›aber ich habe trotzdem kein Wort verstanden.‹

Geduldig und weiterhin lächelnd begann der Mann von neuem.

›Folgen Sie mir bitte ganz aufmerksam. Im Anschluß an eine solche – man kann sagen – brillante Operation erhalten die betreffenden Beamten Lobesbekundungen, Danksagungen und Versetzungen. Voller Zufriedenheit ruhen sie sich ein wenig auf ihren Lorbeeren aus, damit die Schmuggelgeschäfte in der Zwischenzeit in der betreffenden Gegend ungestört weiterlaufen können. Ist es Ihnen jetzt klar?‹

›Ganz klar. Wer dabei drauflegt, ist die Zigarettenfirma.‹

Der Herr gestattete sich ein höfliches Lachen.

›Sie belieben zu scherzen, oder? Die Sache verhält sich so: Der Fernsehreporter hat Kisten mit Schmuggelware gefilmt, die rigoros neutral hätten sein müssen. In Wirklichkeit aber, welch ein Zufall, steht auf jeder Kiste fett und breit die Marke der Zigaretten. Wenn diese Aufnahmen im Fernsehen ausgestrahlt werden, verehrter Freund, haben sie denselben Unkostenwert, den eine Werbekampagne gekostet hätte.‹

Ich war sprachlos. Unterdessen waren wir in der Straße angelangt, in der meine Wohnung lag.

›Ich wohne Nummer ...‹, setzte ich an.

›Das wissen wir‹, meinte der Herr und drückte herzlich meine Hand. ›Überlegen Sie es sich gut, Doktor Vecchietti. Stören Sie nicht das Gleichgewicht, machen Sie keine mühsam erzielte Absprache zunichte.‹

›Absprache?‹

›Ja, eine mündliche Vereinbarung, ein Gentlemen's Agreement.‹

Wir waren angekommen, und ich stieg aus.«

Das war ziemlich wortgetreu Vecchiettis Bericht. Ich möchte gleich sagen, daß die Geschichte für mich heute, Ende des Jahres 1991, während ich sie niederschreibe, in weiterer Ferne liegt als der Mord an Julius Cäsar.

Man muß sich das mal klarmachen! Da schlendert ein Mann in verantwortlicher Stellung ohne bewaffnete Eskorte einfach so durch die Gegend und folgt der Einladung eines Fremden, das ist doch unvorstellbar. Und noch viel undenkbarer ist, daß sich in jenem Auto eine Person befand, wie Vecchietti sie beschrieben hat, die willens war, Erklärungen abzugeben und ihren Verstand zu gebrauchen. Ich bin fest davon überzeugt, daß heutzutage hinter dem Rücken eines Journalisten, der sich ungewollt einen Fehltritt geleistet hat, keine Autoscheinwerfer, sondern die Todessalven einer Kalaschnikow aufgeblitzt wären.

Um wieder zur Sache zu kommen: In dem Moment, da Vecchietti das Wort »Absprache« nannte, hallte ein Echo zwischen meinen Gedächtniskammern wider, dessen Entstehungspunkt ich nicht eindeutig ausmachen konnte, und verlor sich schließlich wieder.

2.

Jahre später, als ich gemeinsam mit zwei Freunden das Drehbuch zu *Più fucili che pane* (*Mehr Gewehre als Brot*) schrieb, in dem es um die Zeit des »Brigantentums« in Süditalien nach der Schaffung des italienischen Einheitsstaats ging, fiel mir wieder ein Fall von »Absprache« auf. Brigantentum habe ich in Anführungszeichen gesetzt, um mich von den Thesen der offiziellen Geschichtsschreibung zu distanzieren, zumindest von denen, die heute noch in den Schulbüchern vorkommen; diese erzählen nämlich Lügenmärchen, indem sie das, was in Wirklichkeit ein riesiger Bauernaufstand war, als Banditentum ausgeben. Die Zahlen sprechen eine deutliche Sprache. Aus der *Quadro numerico approssimativo* (*Ungefähren Übersicht in Zahlen*), die das »Große Militärkommando von Neapel« herausgibt (ungefähr ist sie aufgrund von »Zeitmangel«, wie der Verfasser des Berichtes, General Pompeo Bariola, erläutert – eine Figur, auf die wir im folgenden noch stoßen werden), und aus anderen offiziellen Dokumenten geht hervor, daß die Repression des »Brigantentums« in der Zeit zwischen dem 1. Juni 1861 und dem 31. Dezember 1865 zu den folgenden Resultaten geführt hat: Standrechtlich Erschossene oder im Gefecht Getötete: 5212; Verhaftete: 5044; Gestellige (das sind die, die sich ergeben haben): 3587; insgesamt also 13.843 Personen. Ich entnehme diese Daten der hervorragend dokumentierten *Storia del brigantaggio dopo l'Unità* (*Geschichte des Brigantentums nach der Einheit*) von Franco Molfese (Mailand, 1964). Ein bißchen zu viele Opfer, als daß es sich dabei um simple Straßenbanditen gehandelt haben könnte. Im übrigen hat der Schriftsteller Riccardo Bacchelli, der den Problemen des Südens eigentlich recht fernsteht, all das mit seiner schönen Erzählung *Il brigante di Tacca del Lupo* (*Der Brigant von Tacca del Lupo*) vorgezeichnet.

Jedenfalls war unter den Toten mit Sicherheit auch der Held unserer Geschichte, die wir gerade in Szenenform brachten – der spanische General José Borjes. Borjes wurde als Sohn eines Offiziers in Katalonien geboren, der 1833 hingerichtet wurde; Borjes hatte am Partisanenkrieg der Don-Carlos-Anhänger teilgenommen und es 1840 vom einfachen Unteroffizier zum Brigadekommandant gebracht. Er ging ins Exil nach Paris, wo er als Buchbinder lebte; und dort machte ihn das bourbonische Komitee, mit dem Fürsten von Scilla an der Spitze, ausfindig und zog ihn ein. Er bekam den Auftrag, in Kalabrien an Land zu gehen und das Kommando sämtlicher bourbonenfreundlicher Kräfte, ob Briganten oder nicht, zu übernehmen. Mitte September des Jahres 1861 landete er mit siebzehn Kumpanen, die er persönlich zu der Unternehmung überredet hatte, von Malta kommend bei Bruzzano an der ionischen Küste. Innerhalb kürzester Zeit machte er sich einen Briganten ersten Ranges, einen ehemaligen bourbonischen Unteroffizier, Carmine Crocco, zum Verbündeten und stürzte sich in eine wahrlich legendäre Aktion, die das italienische Heer handlungsunfähig machte.

Wie bereits gesagt, war er Fachmann für Guerillataktik. Anfang Dezember desselben Jahres wurde er in der Nähe von Tagliacozzo mehr wegen einer persönlichen Mutlosigkeit als einer tatsächlichen Niederlage gefangengenommen. Seine Erschießung erfolgte wenige Stunden später auf Befehl des Majors der Leichtinfanterie Franchini, der ohne viel Federlesens Hinrichtungskommandos aufstellte, was Ermittlungen und empörte Stimmen auch in unserem Parlament nach sich zog.

Einer der beiden Freunde hielt leicht aufgeregt Borjes' Notizbuch in der Hand, das dieser immer bei sich getragen hatte: Die Flecken, durch die manche Wörter unleserlich geworden waren, zeugten deutlich von Mühen und Blutvergießen. Abgesehen von den Anmerkungen zu Schlachten und Zusammenstößen, fiel besonders der aufmerksame Kommentar zur jeweiligen Art der landwirtschaftlichen Nutzung der Territorien ins Auge, die er Stück um Stück eroberte.

Seine rechte Hand, der Brigant Crocco, führte keine Tagebücher, sondern schrieb im Kerker in Erwartung des Prozesses seine Memoiren. Crocco erzählt darin an einem bestimmten Punkt, daß es für die Guerillas ein sehr kritischer Moment war, als sie auf Stigliano marschierten (das dann erobert wurde). Genau in jener Situation hätten die italienischen Truppen die Männer von Borjes ohne weiteres vernichtend schlagen können. Statt dessen beschränkten sie sich darauf, ihnen aus gebührender Entfernung zu folgen. Es handelte sich hierbei nicht um einen taktischen Fehler, wie Crocco erklärt, sondern um eine klare Absprache, ein Agreement, zwischen ihm und dem General Della Chiesa, oder Dalla Chiesa, wie es wiederum in anderen Dokumenten heißt, dem Kommandanten der italienischen Waffeneinheiten (ach, dieses Wiederauftauchen derselben Namen in der Geschichte Italiens: Ich weiß nicht, ob der General Carlo Alberto Dalla Chiesa ein Enkel von ihm gewesen ist oder nicht; fest steht nur eins – Carlo Alberto Dalla Chiesa hat sich mit niemandem abgesprochen, da er zusammen mit seiner Frau von der Mafia ermordet wurde). Den Inhalt der Vereinbarung verrät Carmine Crocco nicht, aber es ließe sich ganz einfach denken, daß es darum ging, den Spanier zu verraten. Es kann auch gut sein, daß der Brigant lügt, aber es ist aktenkundig, daß Della Chiesa des Kommandos enthoben und vor den Disziplinarrat gestellt wurde. Bevor Della Chiesa aber endgültig von der Bildfläche verschwinden mußte, massakrierte er noch nach Herzenslust eine große Anzahl von Bauern. Im Dezember 1861, demselben Tag, an dem Borjes und die Seinigen unter den Schüssen des Hinrichtungskommandos fielen (man sollte wohl besser sagen, ermordet wurden), schrieb der General La Marmora an Petitti, den Kriegsminister, daß Della Chiesa »nichts tat, und jetzt läßt er alle, die ihm in die Hände fallen, erschießen, ohne in der Lage zu sein, zu den Informationen zu kommen, die für uns wertvoll wären«. Es ist augenfällig, daß Della Chiesa mit eindeutigen Absichten hinrichten ließ: um zu verhindern, daß die Hintergründe ans Licht kamen, und um dafür zu sorgen, daß von dem Abkommen mit Crocco nicht die leiseste Spur übrigblieb.

Einer, der von Agreements lebte, und zwar in Saus und Braus, und der 1725 infolge einer Absprache gehenkt wurde, war der Engländer Jonathan Wild, der später für die weltberühmte Figur des Mackie Messer in der *Dreigroschenoper* von Bertolt Brecht Pate stand (der aber auch Fielding und Gay inspiriert hatte). Daniel Defoe, Wilds aufmerksamer Biograph, konnte nur schwerlich unter Adjektiven wie *»hassenswert«, »bösartig«, »verachtenswert«, »infam«* seine geheime Bewunderung für ihn verbergen; er hat Wilds geniale Betrugsmethode wie folgt geschildert:

Alles nahm seinen Anfang bei einem von König Wilhelm erlassenen Gesetz, nach dem auf bewußte Hehlerei (das heißt, wenn man über die illegale Herkunft der Ware Bescheid wußte) die Todesstrafe stand, und es genügten zwei oder drei Hinrichtungen, um die Hehler zu überzeugen, daß es wohl besser wäre, den Beruf zu wechseln. Die Diebe waren also in einer prekären Lage, sie stahlen jetzt praktisch umsonst, denn keiner wollte ihnen die Ware abnehmen, nicht einmal zu herabgesetzten Preisen. An dieser Stelle brach Jonathan Wilds Organisationstalent hervor, und er zeigte sich als echter Sohn seiner Zeit, in der Lloyd's in London und die Südsee-Kompanie gegründet wurden. Mit Hilfe eines dichten Rings von Informanten (Wild kam vom Prostitutionsgewerbe) ließ er das Diebesgut in unauffälligen Lagerräumen zusammentragen. Darauf schickte er einen Unterhändler zum Bestohlenen, und der bekam die Geschichte aufgetischt, ein ehrlicher Kaufmann sei rein zufällig in den Besitz von Dingen gekommen, von denen er befürchtete, daß sie illegaler Herkunft seien. Ob der Herr kürzlich einen Diebstahl erlitten habe? Wenn ja, wolle er bitte so freundlich sein und die gestohlenen Dinge beschreiben? Darauf ließ man den Pechvogel einige Tage schmoren, und dann machte sich der Unterhändler wieder auf den Weg zu ihm. Die beschriebenen Stücke entsprachen denen im Besitz des ehrlichen Kaufmanns. Dieser war auch bereit, sie ihm zurückzugeben, doch wünschte er, und das war nur rechtens, daß ihm zumindest die Spesen für den unbedachten Erwerb der Ware zurückerstattet würden. Die Dinge könnten wieder ins Lot gebracht werden, wenn eine Summe zwischen siebzig und achtzig Prozent des Warenwerts auf den Tisch gelegt werde, lautete der Vorschlag des Zwischenhändlers. Dem Unglückseligen blieb nichts anderes übrig als zu zahlen, und er erhielt seine Ware vollständig zurück. Wild kassierte zwei Prozent ein: Ein Prozent vom Bestohlenen und ein Prozent vom Dieb.

Wild genoß bald den Ruf eines aufrechten und rechtschaffenen Mannes, »er legte sich«, schrieb Defoe mit immer größerer Bewunderung, »das Ansehen eines grundehrlichen Mannes zu«. Das verlor er dann wegen eines ehrgeizigen Expansionsprojekts seiner Gesellschaft, nämlich durch die Einrichtung einer Tochtergesellschaft für die Beschaffung von Waren, was die gut geplante Organisation von Diebstählen auf eigene Faust bedeutete. Die wahren Gründe aber, weshalb Wild ins Gefängnis wanderte und später gehenkt wurde, weiß der Schriftsteller nicht zu nennen; er macht nur vage Andeutungen über gestohlene und nicht zurückerstattete

Spitzenwaren. In diesem Zusammenhang fällt mir ein anderer ähnlich gearteter Vorfall ein: Der beliebteste Fernsehmoderator Italiens, Enzo Tortora, wurde mit feinsten Spitzen, die ihm als Präsent zugesandt wurden und die er nicht mehr an den Absender zurückschickte – wie hätte er auch wissen können, daß sein Fan ein Camorrist war? –, übel zu Fall gebracht und zum unschuldigen Opfer eines skandalösen Gerichtsverfahrens gemacht. Was die Verhaftung Wilds angeht, habe ich mich um ein klares Bild bemüht, und kann deshalb schreiben, daß der Übeltäter über eine Absprache zu seinem Nachteil gestolpert ist. Meine Überzeugung entspringt einer Seite aus der Feder Defoes; dort steht geschrieben, daß Wild, um seinen Ruf als unbescholtener Mann zu unterstreichen, der nichts, aber auch gar nichts mit der Unterwelt zu tun hatte, von Zeit zu Zeit mit der gebotenen Vorsicht einen Kleindieb bei der Polizei verpfiff, welche den Armen umgehend verhaftete. So mancher Gauner wurde seinetwegen hingerichtet. Ich weiß nicht, ob zwischen Wild und der Polizei eine regelrechte Übereinkunft bestand, doch zumindest muß es in den Augen der Komplizen von Jonathan so ausgesehen haben, als sie hinter das ungewöhnliche System kamen, das er anwandte, um stets mit blütenweißer Weste dazustehen. Ich halte die Annahme nicht für abwegig, daß das der Auslöser für eine weitere Absprache zwischen den Verbrechern und der Polizei war, um Jonathan Wild endgültig aus dem Weg zu schaffen.

3.

Die Wirkung einer kleinen, aber feinen Absprache erfuhr ich in jugendlichem Alter am eigenen Leib. Wir schrieben das Jahr 1947, und ich mußte von Porto Empedocle nach Palermo fahren, um einige Prüfungen an der Universität abzulegen: Das ist eine Strecke von ungefähr hundertfünfzig Kilometern, doch damals brauchte man mit dem Zug beinahe einen ganzen Tag, und auch im Auto war die Reise keineswegs bequemer, stundenlang fuhr man über holprige Straßen quer über die Berge mit Namen wie »Der tote Mann«, »Der Ermordete«, »Der Diebespaß«, die richtiggehend Frohsinn aufkommen ließen. Mein Vater bestimmte, daß ich mit einem seiner Lastwagen mitfahren sollte, der für den Transport von frischem Fisch gemietet war und die Route zwei- bis dreimal pro Woche machte. Wir brachen gegen zehn Uhr abends bei schneidender Kälte auf. Ich war obendrein sehr nervös, denn war man zu nächtlicher Stunde unterwegs, riskierte man mit größter Wahrscheinlichkeit schlimme Begegnungen. Sorgsam legte mir Don Vicinzino Chiappàra, unser guter Fahrer, eine alte Militärdecke über die Beine. Das wirkte beruhigend auf mich, und ich fiel in bleiernen Schlaf. Hinter Lercara Friddi erwachte ich: Es regnete heftig, und wir fuhren sehr langsam; ich spürte, daß Vicinzino äußerst angespannt war. Er hielt das Lenkrad mit nach vorn gebeugtem Oberkörper, als könne er so die Straße besser sehen.

»Gibt's was?«

»Nichts«, antwortete er mir, »aber ich muß dir etwas sagen, worüber auch dein Vater Bescheid weiß: Es kann nämlich gut möglich sein, daß uns demnächst an einer Kurve zwei oder drei maskierte und bewaffnete Leute anhalten. Erschrecke bitte nicht.«

»Und wer sind die?« fragte ich und spürte, wie mir noch eisiger wurde.

»Die sind von der Giuliano-Bande. Du rührst dich nicht, hältst den Mund und tust genau das, was ich dir sage.«

Schlimmer hätte es nicht kommen können. Giuliano und seine Männer genossen weltweit den Ruf, sehr grausam zu sein (der Bandenchef gab Interviews an Journalisten aus Schweden und den Staaten), sie hatten sogar auf eine unschuldige Menschenmenge geschossen, die den ersten Mai feierte. Wie vorhergesagt machten an einer Biegung zwei vermummte Männer mit Maschinengewehren und Regenmänteln bis zu den Füßen uns ein Zeichen anzuhalten. Don Vicinzino hielt am Straßenrand, bedeckte den Kopf mit einem Tuch gegen den Regen, stieg aus und näherte sich den zweien; sie redeten und redeten und hin und wieder blickten sie in meine Richtung. Es war klar, daß sie über mich sprachen und Don Vicinzino ihnen erklärte, wer ich war.

Michele Palmieri aus Miccichè behauptet in seinen *Pensées et mémoires* (*Gedanken und Erinnerungen*), die er auf französisch geschrieben hat und die 1830 in Paris veröffentlicht wurden, daß er bei einer unerwünschten Begegnung mit Banditen aus Kampanien feststellen konnte, daß diese nicht nur der Abschaum der Menschheit und Trottel waren, sondern obendrein auch schielten. Und den gleichen Defekt hatte auch die Schlampe, bei der sie Unterschlupf gefunden hatten. Da auszuschließen ist, daß alle Schielenden aus Kampanien zu Briganten geworden sind, sieht Palmieri im nachhinein den erlittenen Schock als den Auslöser für diese Giotto-Vision der Gesichter (vielleicht hatte er selbst angefangen zu schielen). Palmieri fügt hinzu, daß ihn überdies dieselbe Totallähmung überkommen habe, wie die Nachtigall beim Anblick einer Kröte. Die beiden Burschen hier waren weder Schieler noch Kröten, und ich konnte mich ehrlich gesagt auch nicht als Nachtigall bezeichnen, doch meine körperliche Reaktion war dieselbe. Nach ein paar Minuten kamen die drei näher. Don Vicinzino öffnete den Wagenschlag auf meiner Seite und sagte: »Setz dir was auf den Kopf und hilf uns.«

Nur mit äußerster Willensanstrengung gelang es mir, zu tun, was er von mir verlangte. Der Fahrer ließ die Ladeklappe herunter, und, zu den zweien gewandt, fragte er: »Was wollt ihr heute?«

»Zwei Steigen Meerbarben, zwei von den Seezungen, zwei vom Seehecht und zwei von den Zwergkraken.«

Chiappàra kletterte auf den Lastwagen, zog die gewünschten Kisten heraus, und wir luden uns je zwei auf die Schultern und machten uns auf den Weg über einen schlammigen Grat bergaufwärts. Ich rutschte zwei-, drei-, viermal aus und schaffte es trotzdem, die Ladung auf den Schultern zu halten. Ich war nämlich überzeugt, würde auch nur ein einziger Seehecht zu Boden fallen, würde der Bandit neben mir mich mit einer Gewehrsalve abknallen. Wir gelangten zu einer Höhle. Darin hockten im Schein einer Petroleumleuchte ein Alter mit langem weißem Bart und zwei junge Burschen, die Karten spielten. Alle hatten ein Maschinengewehr umgehängt.

»Mmmmh, welch herrlicher Geruch nach frischem Fisch!« meinte der Alte und bot uns ein Glas Wein an. Wir tranken, bedankten uns und kehrten wieder zu unserem Laster zurück. Bergabwärts kam ich ins Rutschen, ich hatte nicht einmal die Kraft, mich gegen das Fallen zu wehren, ja ich verspürte richtige Lust dazu. Mir war speiübel, ich war bis auf die Knochen naß, mit Schlamm verdreckt, stank nach Fisch, und Fischschuppen und Wasser waren mir durch den Kragen unters Hemd gedrungen.

»So halten sie es immer«, meinte Don Vicinzino, als wir wieder aufbrachen. »Ich gebe ihnen den Fisch, und sie garantieren mir eine sichere Fahrt. Keiner kommt auf die Idee, mir auch nur ein Haar zu krümmen. Dein Vater hat dich bei mir mitfahren lassen, weil er so ruhiger schlafen kann.«

»Du guter Gott!« platzte ich heraus. »Und an den Schrecken, den ich kriegen würde, an den hat er nicht gedacht?«

»Natürlich hat er das. Du kennst doch deinen Vater. Als ich ihm sagte, daß es dir angst und bange werden könnte, und zwar so richtig, entgegnete er mir, der Schock würde dich nur groß und stark machen.«

Apropos Bandit Giuliano: Seine Ermordung, ich plaudere mal aus dem Nähkästchen, war das Ergebnis einer gigantischen Absprache zwischen der Mafia, dem Banditen Pisciotta, Giulianos rechter Hand, dem italienischen Innenminister Mario Scelba und dem General Luca, Chef des *Cifiribì*, wie die Sizilianer sagen (abgekürzt CFRB – Oberkommando der Banditenbekämpfung). Luca traute der Staatsanwaltschaft nicht und hatte es so eingerichtet, daß man die Banditen nicht verhaftete, um sie ein paar Tage später wieder auf freien Fuß zu setzen, sondern daß sie bei einem Feuergefecht erschossen würden. Eine Zeitung veröffentlichte daraufhin eine Karikatur, die Sizilien über und über mit Grabkreuzen bedeckt zeigte, und darunter stand: »Nichts als Luca überall«. Sein strategisches Meisterstück bestand darin, Giuliano zu einem gefährlichen Ballast für die Mafia zu machen und ihn aus den Gegenden zu vertreiben, wo er auf Komplizen und Unterstützung zählen konnte. Giuliano wurde glauben gemacht, daß in Castelvetrano ein Flugzeug gelandet sei, das ihn nach Amerika schaffen würde. Pisciotta aber ermordete ihn im Schlaf, und gleich darauf wurde unter der unerfahrenen Regie des Kapitäns der Carabinieri Perenze ein Feuergefecht inszeniert, bei dem Giuliano den Tod gefunden haben soll. Pisciotta ließ man entkommen, mit der Abmachung, daß er in Kürze offiziell verhaftet werden und vor Gericht mit einer leichten Strafe davonkommen würde. Die Angelegenheit lief aber nicht glatt, die Polizei war mit ihrer üblichen Rivalität den Carabinieri in die Quere gekommen: Pisciotta wurde nicht von den Carabinieri, sondern von der Polizei verhaftet, und die Sache war im Eimer. Eine Person meines Vertrauens hat mir erzählt, daß man Innenminister Scelba mitten in der Nacht ins Ministerium gerufen hatte, um ihn über Giulianos Tod zu unterrichten; dort erwarteten ihn zufrieden lächelnde Generäle, Staatssekretäre, leitende Beamte, die ihm die Geschichte erzählen sollten, Giuliano sei von Perenzes Männern bei einer filmreifen Wildwestszene umgelegt worden.

Scelba trat noch finsterer und, wenn überhaupt möglich, noch schwärzer gekleidet als gewöhnlich ein. Er bedeutete allen, einige Schritte zurückzutreten, öffnete eine Schublade, hob den Hörer eines Telefons darin hoch, wählte eine Nummer und sprach folgende Worte: »Ciccino, wie hat es sich zugetragen?«

Und der mysteriöse Ciccino am anderen Ende erzählte ihm die Geschichte lang und breit. Der Minister hörte ihm schweigend zu. Dann hängte er ein, legte die Unterarme auf den Tisch und sagte zu den Umstehenden: »Und nun erzählen Sie mir Ihre Version.«

Die Anwesenden überstürzten sich beinahe, nahmen sich gegenseitig das Wort aus dem Mund, stellten fingierte Verfolgungen und Fallen nach, die so gefährlich wie unwahrscheinlich waren, bis sie zum Höhepunkt des tödlichen Feuergefechts kamen. Scelba hörte ihnen zu, lächelte, nickte und genoß die Flut offenkundiger Lügen und Farcen. Mehr jedoch freute ihn, glaube ich, die Erniedrigung dieser ehrbaren Leute vor ihm, die gezwungen waren, ein Phantasiegespinst bis in alle Einzelheiten ausgeschmückt zu erzählen, und zwar genau dem, der wenige Sekunden zuvor die volle Wahrheit gehört hatte, die vollkommen anders lautete.

Der Angeschmierte dabei war Pisciotta. Überzeugt wie er war, daß das Gesetz, die Ordnung, der Staat (alles große Begriffe) den Pakt einhalten würden, ließ er sich verhaften, sagte wie vereinbart im Prozeß in Viterbo aus, ohne jedoch alles zu gestehen. Zum zweiten Prozeß aber schaffte er es nicht mehr. Eines Tages hatte er Lust auf einen Kaffee, und man brachte ihm einen, den er auch trank. Er wußte nicht, daß der Kaffee »mit Schuß« war.

4.

Ich merke, wie ich abschweife. Mein Fehler ist, das Schreiben mit dem Sprechen auf eine Stufe zu stellen. Mutterseelenallein mit einem weißen Blatt Papier vor der Nase, bringe ich nichts zustande. Ich muß mir die vier oder fünf Freunde um mich herum vorstellen, die mir zuhören und mir folgen, während ich den roten Faden der eigentlichen Geschichte loslasse, einen anderen ergreife, ein Weilchen daran festhalte, bis er mir entwischt und ich wieder aufs Thema komme. Beim Sprechen macht die Sache einen Sinn, denn sie folgt der Laune des Augenblicks. Schreibend aber muß ich auch meinen Blick berücksichtigen, und genau da verliere ich mich: Wenn ich versuche, das von mir Geschriebene wieder zu lesen, sehe ich, daß der Gedankengang wie ein geringelter Schweineschwanz um die Sache kreist und ständig Gefahr läuft, sich in sich selbst zu verstricken. Wenn ich hier ein Beispiel nach dem anderen aneinanderreihe, behaupte ich am Ende gar noch, daß die ganze Welt eine einzige Absprache ist. Doch auf der anderen Seite – hält man sich an das, was uns die Zeitungen, die Nachrichten im Fernsehen und im Radio berichten, können wir da wirklich sicher sein, daß dem nicht so ist?

Einige Jahre nach Vecchiettis Bericht las ich zufällig das *Dizionario storico della mafia* (*Historisches Wörter-*

buch der Mafia) von Gino Pallotta (Rom, 1977) und stieß auf ein Stichwort, das für mich wie geschaffen war.

»COMPONENDA. Form von Kompromiß, Vergleich, Absprache *unter Freunden*. Sie wurde zwischen dem Oberhaupt der berittenen Polizei und den Halunken oder ihren Komplizen zu einer bestimmten Zeit in Sizilien geschlossen. Dank der Absprache konnte der Geschädigte wieder in den Besitz des ihm Entwendeten kommen, wofür er seine Anzeige zurückzog. Alles wurde vergessen und begraben, und es kam sogar zum Austausch von Höflichkeitsfloskeln und Respektbezeigungen. Auf diesem Wege *bog* der Polizeioffizier die Dinge *zurecht* und schuf damit eine Gepflogenheit, eine Form von *Gerechtigkeit* außerhalb der offiziellen Gesetze. Auch auf diesem Wege bildete sich ein *Gesetz*, eine andere *Legalität* heraus, und auch diese, wenngleich sekundären Elemente, tragen wieder zur Auseinandersetzung über das, was Mafiamentalität sei, bei. Andererseits, wer wollte behaupten, daß diese gänzlich verschwunden ist? Man sollte eher bedenken, daß anstelle des Polizeioffiziers die Mafia als *mafiöse Justiz* in die Rolle des Vermittlers schlüpfen kann. In diesem Fall entscheidet der *Pate* oder *Boss*, ob die Beute nur zum Teil oder ganz zurückgegeben wird.«

Pallotta ging nicht einmal ansatzweise durch den Kopf, daß der Gesetzeshüter von einem ganz anderen Interesse als dem der Schaffung »einer Form von Gerechtigkeit außerhalb des offiziellen Rechts« beseelt sein könnte. Von wegen »Höflichkeitsfloskeln« und »Respektbezeigungen«. Bei Übereinkünften dieser Art kam der Gesetzeshüter auf seine Rechnung, was sich in der Prozentquote niederschlug, die ihm für seine Vermittlungsdienste zustand. Und abgesehen davon, wundere ich mich doch ziemlich über so vage Ausdrücke wie »das Oberhaupt der berittenen Polizei«, da glaubt man fast in Kanada unter den Rotjacken zu sein oder »zu einer bestimmten historischen Zeit in Sizilien«, was sich auch aufs Hochmittelalter beziehen könnte. Trotzdem war dieses »Stichwort«, wenngleich darunter nur ein einziges Absprachesystem, nämlich das von Wild angewandte, abgehandelt wird, *summa summarum* hinreichend, um als Epitaph meiner nicht ernsthaften Untersuchung zu fungieren.

Wenn ich an Vecchiettis Schilderung einer derart eleganten und gefälligen Absprache zurückdenke, die ein kleines Meisterwerk, ein Beispiel für ein Handbuch sein könnte, erscheint mir das Stichwort beinahe banal.

5.

Herzzerreißender als der Tod eines geliebten Menschen mag vielleicht die Notwendigkeit erscheinen, daß wir in einem solchen Moment gezwungen sind, Hand anzulegen an die liebsten und persönlichsten Dinge, die diese Person im Laufe ihres Lebens hat aufbewahren wollen – Briefe, Fotografien, Grußkarten, trockene Blumen, armselige Gegenstände, an die sich die Erinnerung klammert. Mir ging das so bei meiner Mutter, und das Zögern, Zweifeln, Zittern, mit dem ich mich daranmachte, zum Beispiel einen vergilbten Brief aus seinem Kuvert zu ziehen, war wirklich ein Akt schmerzlicher Pietät: Doch ich behaupte, es war Selbstmitleid. In der Kassette, von der ich glaubte, sie enthielte nichts weiter als Staub, fand ich ein bedrucktes Blatt Papier, ein Rechteck in der Größe von fünfundvierzig mal dreißig Zentimetern: Ich erkannte es sofort, es war eine *»bullailochisanti«*, unmöglich das Wort so zu schreiben, wie meine Mutter und meine Großmutter es gewohnheitsgemäß aussprachen. Das Wort bedeutete einfach nur »Bulle der heiligen Stätten« oder eben Bettelbulle des apostolischen Legats in Siziliens, das die Fratres zum Sammeln von Almosen zugunsten der Missionen in Palästina berechtigte.

Das Blatt war reich bebildert. Oben in der Mitte stand: »Hauptkommissariat des Heiligen Lands in Sizilien«, und darunter, auf der Abbildung einer

Schriftrolle, waren die Worte: »Eingeschriebene Kirchenkinder der Brüderschaft der heiligen Stätten in Jerusalem«. Auf der linken und auf der rechten Seite waren acht Rundbilder mit Veduten des heiligen Abendmahls, des Jordans, von Bethlehem, des Bergs Tabor, des Gartens Gethsemane, Nazareths und des Sees Genezareth zu sehen. In der Mitte unter dem Siegel der »heiligen Stätten in Jerusalem« waren eine Kreuzigungsszene mit den frommen Frauen und darunter ein Rundbild des Heiligen Grabs. All diese Illustrationen und Schriften füllten zwei Drittel des Papiers aus, der Rest war in zwei breiten Kolonnen geschrieben, und in der Mitte prangten das Siegel des »Kommissariats des Heiligen Lands« sowie das Datum der Urkundenausstellung.

Der Text erläutert, wie sich die franziskanischen Minderbrüder seit über siebenhundert Jahren nicht nur dem Erhalt der heiligen Stätten gewidmet, sondern daß sie auch Schulen, Seminare, Kirchen und Druckereien gegründet haben. Dann folgt die recht umfangreiche Liste der Päpste, die auf mannigfache Weise das »Generalkommissariat« unterstützt haben und von denen zwei besonders auffallen. Der eine ist Leo XIII., der eigens in einer Enzyklika anordnete, daß jeden Karfreitag Spenden für die heiligen Stätten gesammelt werden »mit dem Verbot, dieselben zu anderen Zwecken zu verwenden, und der Androhung von Strafen für die, die das Sammeln verhindern«. Der zweite wohlverdiente Papst ist Benedikt XIV., der mit einem Ablaßbrief vom 17. Juni 1750 denjenigen Sterbenden die vollkommene Erlösung von den Sünden zubilligte, die »sich mit der heiligen Kirchenkindschaft versorgten«, schlicht gesagt, denen die Minderbrüder jeden Karfreitag in der Kirche oder an der Haustür eine oder mehrere dieser Bullen verkauften.

In meiner anhaltenden Unwissenheit über die Gottesdinge dünkte mir nun, daß ich zumindest zwei nicht unbedeutende Einzelheiten erwähnen sollte: Das eine war, um es mal ohne Umschweife zu sagen, der bei einem Minderbruder erhältliche Generalablaß, das heißt der vollständige Ablaß sämtlicher Sünden, und das war gewiß keine x-beliebige Garantie. Der Preis für diesen Ablaß von fünfzig Centesimi oder zehn Lire kam mir vor wie ein echter Schleuderpreis. Die andere Kleinigkeit war (das wußte ich noch aus der Schulzeit), daß der Ablaß weder verkauft noch gekauft werden durfte. Um mir Klarheit zu verschaffen, nahm ich die mächtige *Enciclopedia cattolica* (*Katholische Enzyklopädie*) zur Hand (mächtig, wie sie nun einmal sein mußte, auch wenn sie nur um ein geringes umfangreicher als die Enzyklopädie des Stiers war, die ich im Haus eines spanischen Freundes und Liebhabers von Stierkämpfen gesehen habe). So ließ ich mich belehren, daß der allumfassende Ablaß ständig mit unterschiedlichen Mitteln erneuert werden muß, weil er zeitlich begrenzt ist. Vor Ablauf der einzelnen Ablaßbullen zu sterben, war also durchaus vorteilhaft. Und deshalb sammelten die Minderbrüder jeden Karfreitag die Spenden in der Kirche oder an der Haustür: Die Gültigkeitsdauer dieser Bulle betrug zwölf Monate. Doch daß der Verkauf des Ablasses verboten war, das wurde mir von der Enzyklopädie bestätigt:

»Die Ablaßerteilung in Verbindung mit einer Abgabe setzte leider den Anfang für höchst tadelnswerten Mißbrauch. Hatte man einmal einen Ablaß erhalten, der an eine Beitragsleistung für ein bestimmtes Werk gebunden war, so wurden die *quaestores* ausgesandt, um die Spenden einzusammeln. Leider übertrieben diese (aus Achtlosigkeit oder Berechnung) in ihren Predigten die dogmatische Wahrheit beträchtlich; einige wagten sogar, die Erlösung der zum Fegefeuer verdammten Seelen zu versprechen. Doch es gab noch einen anderen Aspekt des Ablaßhandels, der an den Spendeneingang gebunden war. Man gestattete den katholischen Königen und Fürsten, zuerst aus Anlaß der Kreuzzüge, sich eines mehr oder weniger ansehnlichen Teils der Eingänge zu bedienen, die sich aus der Pflichtspende zusammensetzten, mit der man in den Genuß des Ablasses kommen konnte. Genehmigungen dieser Art wurden in großem Maße für viele andere Unternehmen erteilt, und die Fürsten waren nicht besonders zurückhaltend. Allseits bekannt ist der Ablaß für den Bau der neuen Peterskirche in Rom. Der Kurfürst von Sachsen, später ein großer Gönner von Luther, sammelte so viele Reliquien wie möglich, damit er sich der reichen Spenden bedienen konnte, mit denen dieselben überhäuft wurden, um den Ablaß zu erlangen. Keiner leugnet, daß Mißbrauch, schwerwiegender Art sogar, stattgefunden hat. Auf der anderen Seite jedoch versuchte die Kirchenobrigkeit, vielleicht nicht immer mit der notwendigen Strenge, dem Übel Einhalt zu gebieten. Leider erst nach dem verbissenen Kampf der Protestanten gegen den Ablaßhandel unterdrückte das Konzil von Trient auf immer die Ablaßbettelei.

Bereits das fünfte Laterankonzil (1512–1517) beseitigte einige Mißstände bei den Ablaßpraktiken und legte die Gültigkeitsdauer der Ablaßgewährungen fest; so wurden für die Kirchweihe und deren Jahrestag nicht mehr als ein Jahr, für andere Gelegenheiten nicht mehr als vierzig Tage verfügt. Doch recht bald wurden diese Grenzen überschritten. Noch im Spät-Mittelalter kamen auf außergewöhnliche Weise gefälschte Dokumente mit Ablässen zum Vorschein, die jedes Maß und Ziel überschritten, nämlich nicht nur um Hunderte, sondern um Tausende von Jahren.

Das Konzil von Trient kam nach dem von Lyon und dem von Wien erneut auf die Ablaßfrage zurück, vor allem angesichts des gnadenlosen Kriegs, den die Reformatoren gegen die Ablässe entfacht hatten. In Sektion 21, Kapitel 9, untersagte das Konzil das Amt der *questori,* d. h. der Geldeintreiber beim Ablaßhandel, die durch Mißbräuche, die sich darin eingeschlichen hatten, viel Arges angerichtet hatten, und behielt die öffentliche Gewährung von Ablässen allein den Ordinarien vor; diese durften fortan, falls nötig, ohne jegliche Gegenleistung Spenden einsammeln. Schließlich wurde in Sektion 25 das berühmte Dekret *de indulgentiis* erlassen: Nachdem feststand, daß die Kirche das Recht auf Ablaßgewährung bei Christus unserem Herrn hatte, wurde der Ablaßhandel als *christiano populo ma-*

xime salutarem genehmigt, bei neuerlicher Abschaffung jeglicher Streitigkeit bezüglich der Ablässe, und es wurde angeordnet, daß die Bischöfe ernsthaft in den jeweiligen Diözesen auf jedweden Mißbrauch achten und denselben in den Provinzsynoden und vor dem Obersten Hirten anzeigen sollten.«

Ich möchte etwas zu der Reliquiensammlerei des Kurfürsten von Sachsen sagen, die in diesem Abschnitt am Rande erwähnt wird. Zweck dieses wahrlich außerordentlichen Verkaufs von Ablässen war in Wirklichkeit die Deckung der Schulden, die Albrecht von Hohenzollern, Kurfürst und Erzbischof von Mainz, bei der Fugger-Bank im Zusammenhang mit dem (unrechtmäßigen, das sei klargestellt) Erwerb von drei bedeutenden Bistümern, allen voran das Erzbistum von Mainz, auf sich geladen hatte. Nur fünfzig Prozent der Einnahmen würden dem Heiligen Stuhl für den Bau des neuen Petersdoms zugute kommen. Im übrigen handelte Albrecht ganz im Sinne Papst Leos X., der seiner eigenen Schwester das Privileg für den Ablaßhandel *en gros* übertragen hatte. Martin Luther wußte bestimmt nichts über diese geheime Absprache, als er beschloß, seine 95 Thesen gegen den Ablaß an die Kirche zu Wittenberg zu schlagen – Thesen, die die Welt der Christen in zwei Lager gespaltet haben.

Was den Rest angeht, spricht der Artikel eine klare Sprache. Doch weshalb verkauften die Fratres weiterhin, sagen wir mal ganz legal, die Bulle? Es gab, und darauf stieß ich erst später, einen raffinierten

Mechanismus. Die Fratres verkauften den Ablaß nämlich weder direkt, noch stellten sie einen unmittelbaren Bezug zwischen demselben und der Spende her, sondern sie beschränkten sich darauf, die Mitgliedschaft bei einer Kirchenkindschaft zu verkaufen, für die ebenfalls der Ablaß gewährt worden war. Jede Direktbeziehung war somit ausgeschaltet, es gab weder Ursache noch Wirkung. Ähnliches geschieht heute in den Filmklubs oder in den Off-Theatern, in denen man sich über das öffentliche Aufführungsverbot aufgrund mangelnder Sicherheitsvorkehrungen (nicht ordnungsgemäße Platzzahl, fehlende Sicherheitsausgänge, ungenügend installierte Löschanlagen usw.) durch die automatische Umwandlung der Eintrittskarte in einen Mitgliedsausweis hinwegsetzt. Infolgedessen wird das Lokal ein Privatklub, der nicht an die Einhaltung gewisser Regeln gebunden ist.

Der wahre Grund des erfolgreichen Verkaufs der Bullen hatte nichts mit Religion zu tun, auch wenn sie sich darauf beriefen. »Die Gläubigen also«, besagten die letzten Zeilen der Bulle, »die jährlich die heilige Kirchenkindschaft erwerben, haben teil an allen obenerwähnten geistlichen Vergünstigungen (kostenfreie Messen und Ablässe) und zeigen sich der Sündenvergabe im irdischen Leben durch Gott und des Preises der ewigen Glorie im jenseitigen Leben würdig; tragen sie die Kirchenkindschaft mit sich, können sie in den Verdienst kommen, um des kostbarsten Bluts Jesu Christi, unseres Retters willen, von den Geißeln der göttlichen Gerechtigkeit befreit zu werden.«

Und genau in diesem Satz steckte der Trick. Die Geißeln, mit denen die göttliche Gerechtigkeit sich für gewöhnlich zeigte, waren laut mündlicher und schriftlicher Überlieferung Hungersnot, Erdbeben, Heuschrecken, Trockenheit, Pest (sprich Aids heute) und andere Naturkatastrophen. Wie konnte man aber ein schreckliches Unwetter von den Anfängen der Sintflut unterscheiden? Hatte man die Wahrscheinlichkeit berechnet, daß es sich um eine solche Geißel handelte, bedurfte es, um das Problem zu lösen, der Bettelbulle, wie die Minderbrüder es nahelegten: Ein Viertel des Blatts, in winzige Fetzen gerissen und vom Wind fortgetragen (ein Begleitgebet aufzusagen stand frei), ließ mit einem Schlag die entfesselten Elemente zur Ruhe kommen, und ein Regenbogen erstrahlte im Nu. Im übrigen, abgesehen von Gottes strafender Hand, die ohnedies immer besonders hart traf, konnte eine ganz gewöhnliche Überschwemmung die Saaten zerstören, und ein starkes Unwetter ließ Boote auf See untergehen und Fischer ertrinken. Da die Leute meines Dorfs von der Landwirtschaft und dem Meer lebten, fand die Bulle rege Abnahme.

Mit seinem Roman *Retablo* trägt Vincenzo Consolo nicht nur Wasser auf meine Mühlen, sondern schüttet gleich so viel davon aus, daß daraus – da wir nun mal beim Thema sind – eine wahre Sintflut werden könnte. So sagt nämlich eine seiner Romanfiguren: »Ich war ein zufriedenes Mönchlein im Konvent der Gancia, ein Bettelmönch, und wandelte durch Straßen und übers Land, um Almosen zu erbetteln und Bettelbullen zu verkaufen; das waren Druckschriften, die Privilege und Ablässe erteilten, und zugleich waren sie Schutzschriften gegen gefährliche Bergpässe, Überfälle durch Diebesgesindel, Schiffbrüche, Unglücksfälle jeder Art auf Reisen.« Die *»bullailochisanti«* hatte also in anderen Gegenden als in meiner ganz verschiedene und weitläufigere Eigenschaften. In diesem Buch (und das meine ich mit Sintflut) spricht Consolo auch von der »Absprache«, ohne sie genauer zu erklären; doch man versteht, daß er ihr die gleiche Bedeutung beimißt wie Pallotta in seinem *Dizionario storico della mafia.* Die zwei Dinge aber, die Bulle und die Absprache, setzt er nicht in Beziehung zueinander: Hätte er es getan, hätte ich mir die Mühe ersparen können, diese Seiten zu schreiben.

Um die Bettelbulle kam ich also nicht herum, und dennoch hat sie ein Wunder, und zwar kein geringes, bewirkt. Mit einem Schlag kehrte nämlich meine Erinnerung wieder zurück. Mir fiel ein, daß ich noch vor der Schilderung aus Vecchiettis Mund irgendwo von Absprache gelesen hatte, nur daß da von »Absprachebulle« die Rede war. Die Tatsache, daß man von einer »Bulle« sprach, bedeutete, daß es sich um etwas Schriftliches handelte (während die Absprache ihrer Natur entsprechend nicht schwarz auf weiß festgehalten werden konnte), verfaßt von jemandem, der eine »Bulle« erlassen durfte: bestimmt also von einem Mann der Kirche, einem Papst, einem Kardinal, einem Bischof. An dieser Stelle hatte ich tatsächlich alle Einzelteile vor mir liegen, und sie fügten sich beinahe von selbst richtig zusammen. In Sachen »Absprachebulle«

hatte ich etwas auf einer oder zwei der 1410 Seiten der *Inchiesta sulle condizioni sociali ed economiche della Sicilia* (*Untersuchung über die sozialen und wirtschaftlichen Bedingungen in Sizilien*) gelesen, die 1875 durchgeführt wurde.

6.

Am 3. Dezember 1874 beschließt der italienische Ministerrat unter Vorsitz von Marco Minghetti die Gesetzesvorlage vor den Kammern für den Erlaß außerordentlicher Maßnahmen im Rahmen der öffentlichen Sicherheit zur Bekämpfung des Gaunerwesens in der Toskana, in der Romagna und »in anderen Provinzen«. Merkwürdigerweise wird Sizilien, der eigentliche Problemherd, mit keiner Silbe erwähnt. Zwei Tage später wird der Gesetzvorschlag von Innenminister Cantelli vorgelegt, und die Reaktionen darauf sind auch aus den Reihen des Senats äußerst heftig; seltsam ist außerdem, daß Sizilien die einzige Region ist, über die man sich streitet; in den übrigen Regionen hat sich das Brigantentum urplötzlich, bei der bloßen Nennung möglicher Sondermaßnahmen von seiten der Regierung, in nichts aufgelöst. In einem einzigen Punkt stimmen Mehrheit und Opposition überein: Über die Ernennung einer parlamentarischen Untersuchungskommission, die dringend auf die Insel geschickt werden soll. Die Ergebnisse ihrer Arbeit werden als handfester Diskussionsgrund bei der Anwendung oder Nichtanwendung der Sondergesetze dienen. Am 3. Juli 1875 wird der Startschuß für einen Untersuchungsausschuß gegeben, der aus neun Mitgliedern besteht: aus drei Senatoren, drei Parlamentsabgeordneten und drei vom König ernannten Männern. Die Dauer ihrer Arbeit wird mit voraussichtlich einem Jahr festgesetzt, die Unkosten liegen schätzungsweise bei einhunderttausend Lire. Es ist zu vermerken, daß Artikel 3 des Gründungsgesetzes folgendes besagt:

»Bei den vom Ausschuß benannten Zeugen sind die Vorschriften nach den Artikeln 306, 364, 365 Anmerkung 3, 368, 369 Anmerkung 4 des Strafgesetzbuchs anzuwenden.«

Das heißt mit anderen Worten, im Falle von Aussageverweigerung, Falschaussage, Verletzung der Anzeigepflicht hatten die Kommissare Anklagebefugnis, von der sie niemals Gebrauch machten. Nicht einmal als der stellvertretende Bürgermeister von Messina gestand, sich länger in Gesellschaft eines berühmt-berüchtigten, flüchtigen Banditen aufgehalten und ihm eine Zigarre angeboten zu haben, anstatt die Zuständigen zu benachrichtigen und ihn verhaften zu lassen.

Die erste Sitzung des Ausschusses fand am 29. August statt. Es waren alle Mitglieder versammelt: Giuseppe Borsani, Senator, Vorsitzender; Francesco Paternostro, Parlamentsabgeordneter, Zweiter Vorsitzender; Carlo De Cesare, Mitglied des Rechnungshofs, Sekretär; Nicolò Cusa, Senator; Carlo Verga, Senator; Romualdo Bonfadini, Parlamentarier; Luigi Gravina, Parlamentarier; Cesare Alasia, Staatsrat; Pirro De Luca, Hofrat des Kassationshofs. Der Kommission wurde ein zehnköpfiger Personalstab unter der Leitung von Vincenzo Cosenza, Königlicher Staatsanwalt, zugewiesen, zu dem vier Stenographen zählten.

In der Zeit zwischen dieser Versammlung und der ersten Anhörung, die am 6. November stattfand, bemüht sich die Kommission außer um eine Stippvisite auf der Insel, um mit den Präfekten und Verantwortlichen für die öffentliche Sicherheit zusammenzutreffen, auch um eine richtungsweisende Linie zur Durchführung der Untersuchung: Welche Ortschaften sollen, abgesehen von den größeren Städten, aufgesucht, werden? Welche Fragen sind welchen Personen zu stellen? Man einigt sich, die zu behandelnden Themen unter sieben Punkten zusammenzufassen:

1) wirtschaftliche Bedingungen des Landes
2) Straßenbeschaffenheit
3) Gebietsabgrenzung
4) öffentliche Sicherheit
5) Verwaltung auf Gemeinde- und Provinzebene
6) Justizverwaltung
7) diverse Dienstleistungen

Unter den Fragen zu Punkt vier (öffentliche Sicherheit) gibt es die mit der Nummer vierundvierzig gekennzeichnete, die ein gelungener Balanceakt zwischen Naivität und Dummheit ist: »Existiert in Sizilien eine Form der Vereinigung, die mit dem Namen Mafia bezeichnet wird?« Und zu Recht und ganz im Stil der Frage hören sie von einem verantwortungsbewußten Bürger eines Orts, in dem die Mafia nur so tobt, die Antwort: »Nein, von dieser Form des Gaunerwesens habe ich noch nie etwas gehört.« Doch keiner der Kommissare fühlt sich bemüßigt, angesichts einer solchen Antwort den Artikel 3 anzuwenden, den wir soeben beschrieben haben.

Wesentlich subtiler ist die Frage Nummer zweiundneunzig: »Hat man je angenommen, daß Mafia und Camorra bis in die öffentlichen Ämter vorgedrungen sind?« Die einstimmige Antwort lautet: Nein, niemals hat man derartiges angenommen. Und das wird man auch weiterhin nicht tun, selbst dann nicht, wenn man entdeckt, daß in einem Ort siebzig Prozent der Beamten wegen Mafiavergehen oder Vergehen im Dunstkreis der Mafia hinter Gittern sitzen oder kurz davorstehen.

Filigran, ja beinahe ins Absurde verstiegen wirkt die folgende Frage: »Hat es je eine Regierungsmafia gegeben, die organisiert wurde, um die Mafia mit der Mafia zu bekämpfen?« Auf diese Frage erhalten sie keine Antwort, wahrscheinlich ist den ehrenvollen Mitgliedern der Kommission ein Lächeln über die Lippen gehuscht. Ich möchte darauf hinweisen, daß die Mafia damals noch mit zwei *f* geschrieben wird, *maffia*, eins davon wird sie genau in jenen Jahren verlieren und dadurch um so handlicher werden.

Doch wem außer den Direktverantwortlichen in der öffentlichen Verwaltung wurden diese Fragen gestellt? Dem Klerus aus einsichtigen politischen Gründen gewiß nicht (es sei denn, er würde sich aus eigener Initiative heraus Gehör verschaffen), wohingegen die gemeinen Bürger sorgfältig ausgewählt werden mußten.

Zu diesem Punkt schreibt Leopoldo Sandri in seinem Vorwort zur Ausgabe der Untersuchungsakten, herausgegeben von Salvatore Carbone und Renato Grispo (Bologna, 1968): »Die Bitte um Auswahl ehrenwerter Bürger, eine stets schwer definierbare

Kategorie, lief schließlich darauf hinaus, daß hauptsächlich Personen aus der Aristokratie und solche, die aufgrund ihrer Beschäftigungen und Berufe zur Klasse der Besitzenden und Rechtschaffenen gehörten, ausgewählt wurden; auf den Listen stehen auch, jedoch in geringerem Maße, Kleinhändler, Handwerker und einige wenige Bauern.«

Leonardo Sciascia zitiert in einer seiner Schriften einen Ausspruch von Matteo Maria Bojardo, der sehr passend ist: »Ein guter Anfang ist der beste Wegweiser.« Es sei mir gestattet, ihn hier zu übernehmen. Und mehr noch: Wenige Tage bevor die Kommission mit ihren Arbeiten in Palermo begann, wurden der Vorsitzende Richter des Appellgerichts und der königliche Staatsanwalt dieser Stadt versetzt. Der erste war der Mitwisserschaft bei Mafiaverbrechen angeklagt, der zweite war schwer in einen Konflikt zwischen Gerichtsautorität und einigen Politikern verwickelt. Vielleicht hatte der Justizminister beabsichtigt, daß durch diese zwei Maßnahmen eine allzu heftige Konfrontation der Mitglieder des Ausschusses mit dem tatsächlichen Stand der Dinge vermieden wurde. Die Kommission bat den Justizminister, mindestens für ein Jahr keine Versetzungen mehr zu veranlassen. Diese Forderung ging dem Minister ins eine Ohr rein und zum andern wieder raus. Im Dienst der Notwendigkeit der Säuberung und der Wiederherstellung der Ordnung verschwanden Personen spurlos, die den Kommissaren möglicherweise etwas durch die Blume hätten mitteilen können.

Die Kommission brachte ihre Arbeit innerhalb des vorgegebenen Zeitraums zum Abschluß und veröffentlichte einen umfangreichen Bericht. Sie hatte 1128 Zeugen bei einhundertvier Vorladungen angehört, vierzig Städte und Gemeinden besucht, und von neununddreißig weiteren hatte sie Abordnungen empfangen. Es gab eine heftige Diskussion darüber, ob auch die stenographierten Verhörprotokolle veröffentlicht werden sollten. Das Nein überwog. Eine Veröffentlichung unterblieb, um nicht die bloßzustellen, die sich mit ihren Erklärungen zu sehr exponiert hatten. In Wahrheit hatte sich keiner exponiert, keiner hatte mehr gesagt als das, was man ohne weiteres auch in den Zeitungen und in den Prozeßakten irgendeines Gerichts nachlesen konnte. Hinz und Kunz hatten sich vor der Kommission so verhalten wie sie mußten.

Ebenfalls im Jahr 1875 machten sich Franchetti und Sonnino auf den Weg, um auf eigene Faust in Sizilien eine Untersuchung durchzuführen: Es handelte sich dabei um eine außerparlamentarische Aktion (nicht im heutigen Sinne, bei Gott nicht), die sie der parlamentarischen Kommission gegenüberstellen wollten. Ihr Schlußbericht war wesentlich intelligenter und scharfsinniger als der der Regierungskommission. Sie gingen den Dingen tiefer auf den Grund, doch auf Wurzeln stießen auch sie nicht.

Wie ich bereits gesagt habe, kamen die Akten der parlamentarischen Kommission erst beinahe hundert Jahre später zur Veröffentlichung. Bevor sie in den Druck gingen, war 1962 eine neue parlamentarische Kommission ernannt worden, die »über das

Phänomen Mafia« Ermittlungen anstellen sollte. Dieses Mal wurden neben dem Schlußbericht auch die Verhörprotokolle veröffentlicht (Rom, 1978).

Ich kann behaupten, ohne ein Dementi befürchten zu müssen, daß der Staat sich die Ausgaben (und es hat sich dabei gewiß nicht nur um hundert Lire gehandelt) für die Einrichtung der neuen Kommission hätte sparen können. Es hätte vollauf genügt, den Titel und den Schrifttyp von vor hundert Jahren zu ändern. Denn die Fragen sind identisch, die Antworten gleich, das Ergebnis ein Spiegelbild.

7.

Bevor die Kommission vor Ort direkte Zeugenaussagen sammelte, leistete sie, wie bereits gesagt, gründliche Vorarbeit. Unter anderem bat sie den militärischen Oberkommandanten in Sizilien, Alessandro Avogadro di Casanova, seines Grades Generalleutnant, die bisher vom Heer zum Zwecke der Eindämmung des »Gaunerwesens« geleisteten Dienste darzulegen. Das Antwortschreiben ist ziemlich kurios, denn der Generalleutnant verfehlt das Thema, wie man in der Schule so schön sagt; anstatt die Maßnahmen zu schildern, die ergriffen wurden, ist er bemüht, der Kommission die Reaktionen der sizilianischen Öffentlichkeit auf die Nachricht von der Einrichtung der Kommission und des Erlasses möglicher Sondergesetze zu unterbreiten. An einer bestimmten Stelle schreibt er:

> »Ihre Exzellenz kennt bestens die schier unüberwindbaren Schwierigkeiten, das Gaunerwesen mit herkömmlichen Mitteln auszurotten – diese Schwierigkeiten haben ihre Wurzeln tief und fest in der öffentlichen Unmoral und dem Bestechungswesen. Das dauernde Anstacheln von seiten des Klerus, die übelsten Beispiele so mancher Gutsherren, die sich ungestraft am Verbrechertum bereichert haben, die blutrünstigen, dem Laster und Nichtstun zugeneigten Instinkte, der gegenseitige Haß der Besitzenden und der Prole-

tarierklasse – all das sind die Gründe für den moralischen Verfall und für die haltlosen und nicht zu bremsenden Leidenschaften, weshalb die moderne Zivilisation, die bei anderen Völkern leicht und rasch Fuß fassen konnte, vor dieser Barriere aus Korruption innegehalten hat, die im Lauf der Jahre äußerst stabil geworden ist.«

Zwei Anmerkungen muß ich an dieser Stelle machen. Ich werde mit der zweiten beginnen, die sich auf die nicht neue Geschichte der ausgebliebenen Entwicklung der »Zivilisation« in Sizilien bezieht. Daß die Sizilianer und die Süditaliener im allgemeinen, sagen wir es ruhig, Wilde sind, das wurde in jenen Jahren von vielen Seiten her laut – doch die Vertreter dieser These sind die ersten Opfer eines perversen und aufoktroyierten Schemas, das die *conquistadores* als die alleinigen und einzigen Kulturträger ausweist. Versteht man die Sizilianer als Wilde, muß Sizilien folgerichtig als Kolonie behandelt werden. Doch innerhalb dieses sogenannten Denkschemas gab es zwei Schulen. Die erste, die eine größere Anhängerschaft zählte, wurde von General Boglione angeführt, der im Parlament erklärt hatte, dank seiner natürlichen Überzeugung, gestützt auf die Erfahrung eines mehrmonatigen Aufenthalts in jenem fernen Land, habe er sich eine klare Vorstellung davon machen können, daß die Sizilianer nicht aus demselben Holz geschnitzt sind wie die Völker, die den Stand der Zivilisation erreicht haben, oder so ähnlich. Der General war ein gestandener Mann, von gemessenen Worten sowie verhaltenen und gleichzeitig trägen Reflexen. Er brauchte in der Tat genau vierundzwanzig Stunden, um einen sizilianischen Bauern zu foltern, der während des Verhörs stur den Mund nicht hatte aufmachen wollen, bevor er begriff, daß er es mit einem armen Taubstummen zu tun hatte.

Seiner Schule anzugehören, rühmte sich der Präfekt von Caltanissetta, Guido Fortuzzi, eine Art gewöhnlicher Delinquent, der in dieses hohe Amt gehoben (wie man es den Akten der Kommission entnehmen kann) und sinniger- oder unsinnigerweise, je nach Gesichtspunkt, irgendwohin versetzt worden war, bevor die Kommission in Caltanissetta eingetroffen war. Man sieht, daß im Innenministerium dieselbe reinigende Flamme am Werk war wie bei den Kollegen im Justizministerium. Fortuzzi schreibt am 4. Januar 1875:

»... dank langjähriger Erfahrung kenne ich die moralische Entartung dieser Bevölkerung, für die Ideale wie Gerechtigkeit, Lauterkeit und Ehre leere Worte sind und die deshalb raubgierig, blutrünstig und abergläubisch ist.«

Für Boglione und Fortuzzi handelt es sich also um eine genetische Angelegenheit. Wenn es in Sizilien keine Zivilisation gibt, dann ist das eine Frage der DNA.

Die zweite, kleinere Schule beruft sich auf den Generalleutnant Casanova, einen Mann von gänzlich anderem Format als Boglione und Fortuzzi, denn sein Denken ist wesentlich weniger oberflächlich: Sie vertritt die Ansicht, auf der Insel könne sich die Zivilisation dort entwickeln, wo ein fruchtbarer Humus bereitgestellt würde, und zwar durch die Abschaffung von Vorrechten und die Beseitigung schädlicher Einflüsse.

An dieser Stelle möchte ich den Leser bitten, sich keine falsche Vorstellung bezüglich der Behauptungen zu machen, die Tomasi di Lampedusa dem Fürsten von Salina über die uralte und längst verkommene Kultur der Sizilianer in den Mund legt. Salinas Hypothesen sind nicht als Pflichtverteidigung zu verstehen. Der Fürst ist bei dem, was er sagt, ganz und gar guten Glaubens. Nur ist sein Blick auf eine alpine Landschaft gerichtet, die aus reinweißen Felsspitzen und schneebedeckten Höhen besteht, denen man leicht den Namen eines Marchese, eines Grafen, eines Barons, selbst eines Fürsten geben kann und wo der Steinbock springt, die Gemse den Felsen erklimmt, der Königsadler erhaben kreist. Aufgeklärte und aufklärende adlige Sizilianer gab es und wird es weiterhin geben, doch Tatsache ist, daß der Fürst nicht in Richtung Tal, zu den Niederungen der Großgrundbesitzer und den Dörfern knapp über dem Meeresspiegel schaut. Hätte er nur seinen Blick gesenkt und eine Landschaft voll von Mäusen, Spinnen, Schlangen und Skorpionen entdeckt, dann hätte er, davon bin ich überzeugt, zwar nicht unbedingt die Ansichten von Boglione oder Fortuzzi, bestimmt aber die von Casanova geteilt und nie mehr »wir Sizilianer« zu sagen gewagt.

Der erste Kommentar, der kein solcher sein will, sondern vielmehr nur eine Hervorhebung, bezieht sich auf den Satz, in dem vom »dauernden Anstacheln von seiten des Klerus« die Rede ist. Casanova geht nicht weiter, sondern wirft nur einen kleinen Stein in den Teich, d. h. er weist lediglich darauf hin, daß es nur eines geringfügigen Anstoßes bedarf, um ihn zu einer ausführlichen Erörterung des Themas zu bewegen.

Die Mitglieder der Kommission wollen ihm jedoch auf diesem Weg nicht folgen, vielleicht weil sie befürchten, daß sich der kleine Kiesel in einen Riesenmahlstein verwandelt. Sie erbitten von ihm einen authentischen Bericht über die Bekämpfung des Gaunerwesens. Casanova antwortet und übermittelt die gewünschten Kurznotizen, die von Pompeo Bariola – seine rechte Hand und seinerzeit Generalmajor – überprüft waren, der sich in der erfolgreichen Bekämpfung des Banditentums zwischen 1861 und 1865 ausgezeichnet hatte. Es war damals durchaus üblich, »aufgrund von Zeitmangel zusammenfassende Übersichten« zu verschicken, denn den größten Teil seiner Zeit verbrachte Generalleutnant Casanova mit der Aufstellung von Hinrichtungskommandos.

Zu Bariola muß ich eine Zwischenbemerkung machen. Als er vor dem Ausschuß in Messina verhört wird, zeigt der Generalmajor sich als das, was er ist: als Witzfigur. Bei der Zeugenaussage erhebt er sich vom Stuhl, macht eine Verbeugung, dreht eine Pirouette, breitet die Arme aus, schließt die Augen wie ein Toter, setzt sich wieder hin, springt auf, verändert seine Stimme. Entgeistert beginnt der Stenograph, die Bewegungen des Generals in Klammern zu notieren, und die seriösen Akten des Ausschusses verwandeln sich in das Szenenbuch einer Schmierenkomödie.

Im Begleitschreiben zu diesen Aufzeichnungen kann Casanova es sich nicht verkneifen, der Kommission einen anderen Floh ins Ohr zu setzen:

> »Das ungestörte Fortbestehen der Banden und die unmittelbare Folge des Rückgangs der Verbrechen wird in der Öffentlichkeit von vielen als Auswirkung einer Ordnungsparole der Mafia angesehen, welche das Stillhalten für einen gewissen Zeitraum anordnet, der ausreicht, in diesen Provinzen die Anwendung des Gesetzes der öffentlichen Sicherheit abzuwenden.«

Als wolle er sagen: Meine Herrschaften der Kommission, seid auf der Hut, es gibt nicht nur den Innen- und den Justizminister, die den Wahrheitshorizont mit ihren vorzeitigen Versetzungen korrupter oder übelbeleumundeter Beamter verändern, sondern auch die Mafia hat ihre Finger im Spiel. Es ist eine höfliche und fast schmunzelnde Aufforderung an die Kommission, hinter die Kulissen zu schauen. Der Generalleutnant Avogadro di Casanova muß, wie man sich erzählt, ein Mann von großer Zivilcourage und scharfem Verstand gewesen sein: Unserer Meinung nach besaß er obendrein einen recht trokkenen Humor.

8.

Der Generalleutnant Casanova, der bereits durch seine schriftlichen Äußerungen bekannt ist, wurde am 12. November 1875 in Palermo verhört, das heißt sechs Tage nachdem die Kommission mit ihren Anhörungen begonnen hatte. Beim selben Verhörtermin sagten außer Casanova auch Lucio Tasca Graf d'Almerita, der Baron Gabriele Bordonaro-Chiaramonte, Abgeordneter von Terranova / Sizilien, der Fürst Gaetano Monroy Ventimiglia di Belmonte, Abgeordneter aus Bivona, sowie ein einfacher Rechtsanwalt aus, dessen Nachname, Muratori, das Stichwort für den Tagesverlauf lieferte, nämlich *murare*, mauern. Nicht eine von den Zeugenaussagen wurde von den Herausgebern Carbone und Grispo in die Druckfassung von 1968 aufgenommen. Im Vorwort erläutern die beiden die Kriterien, nach denen sie die Aussagen ausgewählt haben (in der Tat hätten sie nicht alle veröffentlichen können); sie erklären, jene nicht aufgenommen zu haben, die als Grundlage für die Niederschrift des Schlußberichts dienten. Das bedeutet, daß keine (oder fast keine) der interessanten Aussagen publiziert wurde. Als Beweis dient die Tatsache, daß die Worte von Avogadro di Casanova im Schlußbericht, den Romualdo Bonfadini im Namen seiner Kollegen schreibt, zu den am meisten zitierten gehören. Da die Zeugenaussage des Generalleutnants nur im Staatsarchiv nachzulesen ist, halten wir uns unterdessen an die von Bonfadini verwendeten Abschnitte, um ein erstes Echo von Casanovas Aussagen zu erhalten. Die wesentlichen Punkte sind folgende:

– in Sizilien ersetzt die Presse Sachprobleme mit einem ganzen Fragebogen zur Person
– jeder Priester ist mit einem Revolver bewaffnet unterwegs
– man geht bewaffnet zu Bällen, in Spielsalons, ins Theater, zum Unterricht
– allen den Waffenschein entziehen, würde nur die Entwaffnung der ehrlichen Bürger zur Folge haben
– man darf nicht ungerecht sein und die Mitschuld der Komplizen als bloße Feigheit begreifen. Wenn den Briganten Nahrungsmittel zu verweigern bedeutet, daß einem der Hof angezündet wird, wenn der Verrat eines Verstecks einen Dolchstoß zur Folge haben kann, dann grenzt Mut schon an Heldentum, und das darf von der Mehrzahl der Leute einfach nicht erwartet werden
– die Bürger haben das Recht, von den öffentlichen Sicherheitskräften beschützt zu werden, nicht die Pflicht, dieselben anzuleiten oder sich an ihrer Stelle der Gefahr auszusetzen
– in Sizilien ist allein schon die Vorstellung unmöglich, daß es seriösere Garantien für eine neutrale Anwendung des Gesetzes über die Verwarnungen geben könnte

Das sind die vielen Dinge, die Avogadro bedenkt und die von der Kommission soweit geteilt werden, daß sie sie in ihren Schlußbericht aufnimmt. Mich trifft die scharfsinnige Beobachtung der Inselgepflogenheit, Sachfragen in Fragen zur Person zu verwandeln. Der Kommissionsbericht gibt der Presse die Schuld dafür, doch Casanova sprach in dem spezifischen Fall nicht von der Presse, sondern lediglich von einer sizilianischen Sitte. Aus dem ganzen Verhör, dessen Protokoll im Staatsarchiv lagert, gehen weitere wertvolle Meinungen und Intuitionen Avogadros hervor, die keinen Platz im Schlußbericht der Kommission gefunden haben.

Der Generalleutnant, der Bacon passend zitiert und nicht frei ist von einer gewissen hausbackenen Eitelkeit (»vor Zeiten waren auch wir reich«), Französisch und Englisch spricht und aufgrund seiner gründlichen Lektüre der Zeitungen von jenseits des Ärmelkanals über die Angelegenheiten in England bestens unterrichtet ist, bringt Ansichten zum Ausdruck, die sich stark von den gängigen Meinungen unterscheiden.

Vor allem aber behauptet er, daß die Mafia auf der Insel nicht nur eine gesellschaftliche, sondern auch eine Art politischer Revolution vorantreibt, die ohne weiteres als *de facto* kommunistisch bezeichnet werden kann (den Begriff »Kommunismus« gebraucht Casanova häufig, jedoch ganz sachlich, ohne innere Anteilnahme). Indem die Mafia die Landbesitzer daran hindert, ihre Besitztümer zu betreten, und einige wagen seit Jahrzehnten nicht mehr, sich auf ihrem Land blicken zu lassen, führt sie eine regelrechte Enteignung durch. Die Mafia kommt in den Genuß der Erträge der enteigneten Ländereien und unterteilt dieselben nach einer hierarchischen Ordnung, die in absteigender Reihenfolge Mafiosi, Landaufseher, Feldhüter, Bauern, Tagelöhner und an letzter Stelle und nur *pro forma* die Besitzer selbst umfaßt. Dank dieses »kommunistischen« Systems kann sich die Mafia – immer noch laut Casanova – auf einen sehr breiten Konsens stützen.

Der General ist im übrigen strikt gegen den Erlaß von Sondergesetzen: Sie führten nur dazu, blindlings in die Menge zu zielen; um einen einzigen Schuldigen zu verhaften, würden zehn Unschuldige verfolgt, was bei der Bevölkerung zu enormen seelischen Störungen mit nicht wiedergutzumachenden Folgen führte. Es genüge allein schon die gewissenhafte Anwendung der bestehenden Gesetze, wozu jedoch nicht nur guter Wille, sondern auch konkrete Möglichkeiten notwendig seien. Und in dieser Hinsicht nimmt er kein Blatt vor den Mund. Nur allzugern komme die Staatsanwaltschaft ihren Pflichten nicht nach, da sie dazu einfach nicht in der Lage sei, sei es wegen Personalmangels in den Gerichtskanzleien, sei es weil die auf der Insel eingesetzten Richter fast alle Sizilianer und leicht von der Mafia erpreßbar und zusammen mit ihren Familienangehörigen Drohungen und Repressionen ausgesetzt seien. Kein Richter, so der Generalleutnant, dürfe in die Verlegenheit gebracht werden, den Helden spielen zu müssen und einen so hohen Preis zu bezahlen: Es genüge schon, nicht-sizilianisches Personal auf die Insel zu beordern, das keinerlei Verbindungen zu dem Gebiet hat, auf dem es arbeitet.

Casanova gibt auch zu verstehen, daß die Einführung des Pflichtmilitärdienstes in Sizilien kein sehr kluger Einfall war. Dazu wäre eine langfristige und gründliche psychologische Vorbereitung bei den Leuten notwendig gewesen, die noch bis vor einem Jahr dieser Pflichten enthoben waren. Einige – so Casanova wieder – seien überzeugt, daß der obligatorische Militärdienst in Sizilien ein gutes Erziehungslager für die Jugend darstellen könnte. In Wirklichkeit verhalte es sich ganz und gar nicht so: Der Wehrdienst habe seinen Nutzen, wenn überhaupt, darin, diejenigen einen besseren Umgang mit Waffen zu lehren, die aufgrund ihrer gesellschaftlichen Stellung zwangsläufig zu Briganten, Gaunern und Dieben werden. Wenn sie das zu dem Zeitpunkt, da sie eingezogen werden, nicht ohnehin schon sind. Und dafür bringt er zahlreiche Beispiele.

Avogadro di Casanova unterbreitet der Kommission außer den bereits angesprochenen Dingen auch seine Ansicht über die Vorgehensweise der »Zugehörigkeitsmafia«, wie er sie nennt, das heißt die ausführende Hand der kriminellen Organisation. Die Zugehörigkeitsmafia läßt eines schönen Tages die Sache A geschehen, die, wie es aussieht, auf den einen spezifischen Fall beschränkt ist. Einige Zeit später passiert die Sache B, die dieselben Eigenschaften hat wie A, scheinbar aber ohne jegliche Verbindung zu A ist. Danach folgen die Ereignisse C, D und so weiter bis zu einem Ereignis, das in

Wirklichkeit das eigentliche Ziel, der Endknall (der General macht »Bumm!« vor der Kommission), die Krönung der gesamten komplexen Operation ist. Mit anderen Worten, die Abfolge der Ereignisse, will man ihren Sinn begreifen, kann nicht in chronologischer Reihenfolge gelesen werden, was ganz gezielt vom Weg abbringt. Die gesamte Handlung besteht aus zahlreichen Abschnitten, die, wenn sie in einer anderen als der zeitlichen Reihenfolge gelesen werden, eine Zusammensetzung und eine Querverbindung und am Ende die genaue Schußbahn aufzeigen. Der Generalleutnant braucht deshalb einen Entschlüssler, jemanden, der sich darauf versteht, Verbindungen herzustellen, Vergleiche zu ziehen, augenscheinlich unzusammenhängende Fakten nebeneinanderzustellen, denn daran, daß die Verbindung existiert, besteht kein Zweifel. Mit heutigem Wortschatz ausgedrückt, könnte man fragen: Warum richten wir keinen Antimafia-Pool ein? (Und das Wort hätte Casanova als anglophilem Menschen sicherlich sehr gut gefallen.) Gewiß, er drückte sich nicht auf diese Weise und nicht mit solcher Genauigkeit aus, doch die wesentlichen Linien eines möglichen und konkreten Projekts hatte er aufgezeigt.

Der Generalleutnant war am 7. Januar 1874 in Palermo eingetroffen, am 12. November 1875 fand sein Verhör statt: Im Laufe von knapp zwei Jahren hatte er zahlreiche Dinge der verwickelten Inselrealität bestens begriffen. Er habe viel gelesen, viel gesehen und sich viele Gedanken gemacht, erklärte er vor der Kommission.

Unter den Dingen, die er gelesen hatte, befand sich auch eine Absprachebulle (oder Schlichtungsbulle, wie er sie manchmal nennt). Man habe sie ihm zugesandt, erklärte er, doch er sagt nicht, ob aufgrund seiner direkten Nachfrage und von wem. In der Absprachebulle schlägt sich das »dauernde Anstacheln des Klerus« nieder, das er in seinem Brief an die Kommission angedeutet hat.

9.

Der Generalleutnant spielt die Karte der Bulle nicht aus taktischen Gründen, sondern weil er in jenem Augenblick ehrlich besorgt ist. Er betont seine ablehnende Haltung gegenüber den Sondergesetzen, und in einem bestimmten Moment seiner Aussage gerät er leicht in Verwirrung (Achtung: Für gewöhnlich ist er ein ausgezeichneter Redner!). Die Frage, die ihn bedrängt und die er nicht in Worte fassen kann, ist folgende: Bis an welchen Punkt kann ein Mensch, der ein Verbrechen begangen hat, aber dank einer Sondergenehmigung der Kirche ein reines Gewissen und seinen Seelenfrieden hat, sich als schuldig bezeichnen und so auch fühlen? Der Vorsitzende der Kommission, der noch nichts von der Bulle gehört hat, begreift Casanovas nervöse Erregung nicht und versucht es auf einem ungefährlicheren Terrain. Aufgrund ihrer pirandellianischen Struktur ist die Antwort des Generals in meinen Augen äußerst dramatisch.

Verga: Sie wollen also sagen, es wurden Unschuldige festgenommen?

Casanova: Bei all den Präzedenzfällen … insgesamt meine ich … es ist die Schuld von allen und von niemandem. Heutzutage kommt das eben vor … und für mich … sage ich … für mich wollte er die Absprachebulle herbringen …

PATERNOSTRO: Können Sie uns eine Kopie davon überlassen?

CASANOVA: Ich habe keine bei mir. Wenn Sie eine wollen, werde ich sie Ihnen schicken, ja, ja, ich stelle mir vor, daß man sie für mich geschickt hat. Ich rede ein bißchen zuviel. Vielleicht ermüde ich Sie.

VERSCHIEDENE STIMMEN: Nein, ganz und gar nicht, reden Sie ruhig weiter!

CASANOVA: Was ist die Absprachebulle? Ich mag mich täuschen, aber ich glaube, sie nahm und nimmt heute noch ihren Anfang bei gewissen verwerflichen Sätzen aus dem Mund der Priester, mit denen sie die Dinge vertuschen wollen ... bei einer alten Propagandagesellschaft für die Kreuzzüge.

CUSA: Die Bulle der Kreuzzüge ...

CASANOVA: Die jetzt Absprachebulle heißt. Auf jeden Fall ist die Theorie der aktuellen Bulle folgende: Das Evangelium besagt in Kapitel irgendwas, Vers soundso: Hat einer eine Kuh gestohlen, muß er sieben Kühe zurückgeben. Das sind orientalische Übertreibungen, die auf der löblichen Idee basieren, daß jeder, der gestohlen hat, zur Wiedergutmachung verpflichtet ist. Es kann jedoch vorkommen, daß der Soundso, der gewissenhaft das Diebesgut zurückgeben will und den Bestohlenen trotz eifriger Nachforschungen nicht finden kann ... Dann heißt es: Pro soundso viel Scudi zahlst du soundso viel Tari, was in Lire und Centesimi umgerechnet 3,5 Prozent des zugefügten Schadens ausmacht. Auf diese Weise erlangt man die Sündenabsolution, der Segen kann bis zu einer gewissen Menge von Schuld reichen. Das ist der Normalfall. Jetzt gestatten Sie mir, nur drei der Artikel zu zitieren, die ich noch im Kopf habe, insgesamt sind es siebzehn oder neunzehn.

Artikel sieben besagt: Der Strafverteidiger, der Geld, Geschenke oder Wertsachen erhalten hat, um die Rolle des Gegners des eigenen Klienten zu spielen, kann sich gütlich einigen und der Schuld enthoben werden. Dann ist da noch ein anderer Artikel, nach dem sich ein Richter einigen kann, der Geld und Geschenke annimmt, um ein ungerechtes Urteil zu fällen oder das Alibi eines Verbrechers zu bestätigen. Es gibt da noch einen Artikel betreffs Frauen (Ihr werdet hoffentlich nicht zimperlich sein): Die Absprache für eine Frau, die keinen schlechten Ruf hat und dennoch für ihre Gunst Wertsachen entgegengenommen hat; das geschieht in allen Ländern der Erde. Dann kommt der zweite Teil: Gleichermaßen kann sich der Mann gütlich einigen … der sich in der derselben Situation befindet und zur eigenen Bereicherung … und so geht's weiter über vierzehn Seiten … Ich meine, was wollt Ihr denn, diese armen Leute werden von denen hinters Licht geführt, die ihnen eigentlich Vorbild sein sollten … Und wenn in einem Land, in dem das Temperament leidenschaftlich ist, die Phantasie gedeiht und das niedere Volk über Jahrhunderte hinweg in einem derartigen Morast gehalten wurde, und zwar von denen, die es eigentlich zur Tugend erziehen sollten – entweder aus allzu menschlichen Gründen oder aus Gründen höherer Gewalt, wie ein Pfaffe sagte –, muß man der Gerechtigkeit halber sagen, daß die Schmach und die Schande bei ihnen liegen. Die Sache ist unerhört!

Cusa: Ohne Zweifel.

Casanova: Das moralische Milieu, das Klima, das die Geschichte Palermos atmet, findet sich in besagter Absprachebulle wieder. Fest steht außerdem, daß besagter Herr Tajani von der Regierung die Anweisung erhalten hat, die Bulle zu beschlagnahmen und ein Dekret zu erlassen, das ihre zukünftige Verbreitung untersagt. Doch was hat das schon zu bedeuten, wenn jedermann sie vom Beichtvater kriegen kann! Das ist die gleiche Geschichte wie mit der Verfassung von England, von der man nicht einmal weiß, wo sie gedruckt worden ist – das hat mir ein großer englischer Staatsmann verraten. Die volle Wahrheit ist aber, daß man sich wenig um sie schert. Hier wie dort gibt es die Geschichte mit der Absprachebulle, sie haben sie auch mir zugeschickt, alle haben ja Fehler, da sind wir uns einig. Ich erinnere mich an einen Artikel in der *Times*, der Ihnen gewiß nicht entgangen ist; da war die Rede von einem, dem auf der Reise von Frankreich nach England der Reisesack mit dem Schmuck seiner Ehefrau im Wert von sieben- oder achthunderttausend Lire abhanden kam; dieser Mann gab bekannt, daß er dem, der ihn sein Gepäck wiederfinden ließe, einen Finderlohn von dreihunderttausend Franc geben würde; er fügte noch hinzu, daß er keine weiteren Nachforschungen anstellen wolle. Das war eine regelrechte Absprache. In England aber stolperte der Mann über das Gesetz, denn dort ist es nicht gestattet, sich mit einem Verbrecher bezüglich eines Delikts gütlich zu einigen. So wurde ihm der Prozeß gemacht. Bei uns hingegen gibt es die Bulle, kraft derer mit dem Dieb verhandelt werden kann.

GRAVINA: Trägt diese Bulle die Unterschrift irgendeiner Kirchenautorität?

CASANOVA: Einen Pfaffen dingfest zu machen, ist ein ziemlich schwieriges Unterfangen, das wissen Sie besser als ich! Nein, sie ist nicht unterzeichnet. Wenn ich mich nicht irre, hat mir jemand gesagt, daß in einem Eckchen anstelle der Unterschrift eine Nummernmarke als Echtheitsnachweis angebracht ist. Die Pfarrer hatten schließlich Augen im Kopf, und in einem Sonderbulletin sagten sie: Wir genehmigen die Bulle Nummer soundso, so daß sich der Belegabschnitt auf die bereits genehmigten Bullen bezog. Und wer eine ordnungsgemäße Absprachebulle hatte, der konnte handeln. Es gab den Erlaß der Fastenaufhebung vom Freitag und vom Samstag, bei dem alles nach Tarifen geregelt ist: Ein Herzog bezahlt hundert Lire, ein Graf sechzig und so weiter, alles Kindereien.

GRAVINA: Es ist schon immer so gewesen, auch die Regierung ließ es zu.

CUSA: Aus welcher Zeit soll diese Absprachebulle sein? Einen Stempel muß sie wohl haben.

CASANOVA: Ich weiß es nicht, aber sie wurde bereits von dem Erzbischof vor dem jetzigen eingefordert.

CUSA: Ist das der Erzbischof, der sie veröffentlicht hat?

CASANOVA: Die gibt's schon seit Jahrhunderten, sie ist einfach da; das Übel ist chronisch geworden

CUSA: Man wundert sich eigentlich, daß die Auswirkung dieser Bulle, die von sich aus bereits ziemlich übel ist, die Situation des Landes nicht noch mehr verschlechtert hat; und diese Tatsache überhäuft das Land mit Ehre. Anders gesagt, ihr Einfluß hätte weitaus größeren Schaden angerichtet, wäre da nicht der gesunde Gemeinsinn der Bevölkerung gewesen, die sich widersetzt hat.

CASANOVA: Wie bitte?

ALASIA: Der Baron sagt, der Einfluß dieser Bulle sei dermaßen verheerend gewesen, daß es Wunder nimmt, warum sie das Land nicht in ein größeres Verderben gestürzt hat.

CASANOVA: Die Korruption gab es ...

CUSA: Die Bulle gibt es.

DE CESARE: Dinge, die von der Religion verdammt sind, werden als Glaubenssache aufgetischt.

GRAVINA: Ist das beim Klerus in den Provinzen unterhalb von Neapel nicht üblich?

DE CESARE: Dort gibt es die Kreuzzugbulle, die das Gewissen sowohl des Barons, des Fürsten, des Marchese usw. bis zum letzten Plebejer erleichtert; aber es handelt sich nicht um die Absprachebulle.

CASANOVA: Ich hoffe, davon noch eine Abschrift zu haben, auf der der Stempel mit zwei Heiligen in Schwarz ist, die aussehen wie zwei Kröten.

An dieser Stelle ist die Kommission der Ansicht, auch über die Absprachebulle genügend Worte verloren zu haben, und freut sich, daß dieselbe ihres Erachtens nach nicht noch größeren Schaden angerichtet hat. Der Generalleutnant wird daraufhin zu einem anderen Thema vernommen.

10.

Ich habe mich streng an den Wortlaut gehalten, ohne der Versuchung nachzugeben, gewisse Sätze deutlicher zu machen, die als gesprochene zwangsläufig bruchstückhaft und manchmal recht unklar sind. Ich muß sogleich hervorheben, daß die Rede des Generalleutnants, die ansonsten flüssig und in sich stimmig ist, manchmal zurückhaltend, ja in einigen Abschnitten sogar unverständlich klingt, sobald es um die Absprachebulle geht. War es ihm bewußt, daß er sich auf einem Terrain bewegt, das nicht seines und zudem voller Tücken ist?

Wie gesagt, ich bin von Beruf Theaterregisseur und glaube behaupten zu dürfen, daß der Dialog zwischen dem General und den Kommissionsmitgliedern nicht stimmig ist und nicht überzeugt. Ich will ein Beispiel stellvertretend für alle anführen. Als Casanova die Rede auf die Absprachebulle bringt, stellt nicht ein einziger der Kommissare die simpelste aller Fragen: Wollen Sie, Herr Generalleutnant, uns freundlicherweise sagen, wovon Sie eigentlich reden? Statt dessen fragt der Abgeordnete Paternostro: Könnten Sie uns bitte eine Abschrift davon zukommen lassen? Und hier muß ich eine lustige Sache anführen, die in der Originalabschrift aus den stenographierten Notizen enthalten ist. Der Übertragende schreibt im ersten Ansatz: »Wollen Sie, daß wir Ihnen eine Kopie zukommen lassen?« Aufgrund der Antwort des Generals wird ihm klar, daß er sich getäuscht hat; er streicht das Geschriebene durch und entziffert von neuem. Doch es handelt sich um ein Versehen, denn in Wirklichkeit verhält sich die Kommission so, als hätte sie bereits von der Bulle gehört. Das braucht man keineswegs zu dramatisieren. Wahrscheinlich hat der Generalleutnant bei Veranstaltungen und öffentlichen Empfängen schon im vertraulichen Rahmen Andeutungen darüber gemacht, bevor er dann offiziell verhört wurde. Es kann auch sein, daß irgendeiner der Kommissare von dem Dekret des ehemaligen Präfekten Tajani wußte, das den Verkauf der Bulle verbot. Doch die Unterredung hat in meinen Ohren dennoch einen Mißklang.

Es gibt einen Umstand, der mich richtig nervös macht, weil ich keine rationale Erklärung dafür finde. Ich habe geschrieben, daß die Bettelbulle, die von den Fratres an der Haustür verkauft wurde, mich bei meiner Untersuchung auf den rechten Weg gebracht hat. Und Casanova führt in seiner Aussage die Herkunft der Absprachebulle auf etwas zurück, das mit den Kreuzzügen und dem Historiker De Cesare zu tun hat; an einer bestimmten Stelle erklärt er, daß es in der Gegend von Neapel die Bulle der Kreuzzüge gäbe – die jedoch nichts mit der Absprachebulle zu tun habe. Kommt das vielleicht daher, daß bei den Kreuzzügen von vornherein ein Sondersündenerlaß genehmigt wurde? Wenn das stimmt, würde es die im folgenden dargelegte These über die zugleich prophylaktische Wirkung der Absprachebulle bekräftigen.

Die Blätter, auf denen mit zwei verschiedenen Schriften die Anhörung Casanovas protokolliert wurden, sind von der großen und breiten Sorte. Die Aussage des Generalleutnants umfaßt sechzig numerierte Seiten, und von der Absprachebulle ist auf den Seiten neununddreißig bis achtundvierzig die Rede.

Auf die Frage eines Kommissionsmitglieds hin, ob es in Sizilien ausreichend Wehrkräfte gäbe, lächelte der Generalleutnant kurz und begann zu rechnen. Die Sizilianer – sagte er – zählen zwei Millionen achthunderttausend, sie machen also ein Zehntel der Gesamtbevölkerung Italiens aus. Sondertruppen wie Carabinieri und *bersaglieri*, wie die Angehörigen einer Scharfschützentruppe genannt werden, mal ausgenommen, gibt es in Italien zweihundertachtzig Soldatenbataillons. Verläßt man sich auf die Prozentzahlen, müßte ich – fügte er hinzu – auf der Insel achtundzwanzig Bataillons unter meinem Kommando haben. In Wirklichkeit aber verfüge ich über einundvierzig. Wenige Tage nach seinem Verhör schrieb der Vorsitzende der Kommission an ihn, um von ihm den genauen Standort der Truppen zu erfahren. Er vergaß – offensichtlich – Casanova an die Übersendung der versprochenen Absprachebulle zu erinnern.

Am 25. November, dreizehn Tage nach seiner Anhörung, schickt Casanova die gewünschte Übersicht. Doch da er das Gespür eines Jagdhunds hat – von der Art, die ihre Beute nie losläßt –, schreibt er einen Begleittext von wenigen Zeilen:

»Ihrem ausdrücklichen Wunsch gemäß, habe ich hiermit die Ehre, Ihnen eine gedruckte Kopie der Absprachebulle zu übersenden, auf daß Sie der Kommission eine Abschrift davon vorlegen können, die meines Erachtens eine um so größere Authentizität erlangen würde. Wenn es Ihnen beliebt, können Sie mir dieselbe zurücksenden, sobald Sie keinen Bedarf mehr haben.«

»... die meines Erachtens um so größere Authentizität erlangen würde«: Genau hier kann ein Mißverständnis aufkommen. Casanova hat nicht die Absicht, eine Fälschung zu beglaubigen, er will vielmehr eine noch gründlichere Überprüfung, um jedwegen Verdacht der Täuschung aus dem Weg zu schaffen.

Und hier muß ich behutsam weitermachen. An den Fuß dieser Briefkopie setzten die Herausgeber des Berichts vier Noten. Die erste Fußnote bezieht sich auf die Position im Archiv: Akte 8, Reihe E, Nummer II; die zweite auf die von Casanova zugesandte Bulle. Sie besagt ganz lapidar: »Fehlt«. Die dritte verweist auf die graphische Aufstellung der Truppen: »Wird nicht veröffentlicht«. Die vierte und letzte ist ein Vermerk, den ein Unbekannter im selben Brief gemacht hat: »Bulle zurückgegeben, 5. Dezember«.

Uns interessieren die zweite und die vierte Fußnote. Die Bulle der »Schlichtung«, die vom Generalleutnant übersandt worden war, kann sich nicht mehr im Anhang des Briefs befinden, denn die Randbemerkung besagt, daß das gedruckte Original dem Absender zehn Tage nach Erhalt zurückgeschickt wurde. Das bedeutet, daß der Vorsitzende ausreichend Zeit hatte, vor der Rückgabe eine Abschrift anzufertigen, wie Casanova es gewünscht hatte. Deshalb hätte der Vorsitzende zur Archivierung des Briefs eigentlich eine Kopie beifügen müssen, damit das Dokument vollständig wäre – was es in Wirklichkeit nicht ist. Wir wissen nicht, ob das getan wurde, doch jene Anmerkung »fehlt« von seiten der Herausgeber ist nur auf zwei Weisen zu verstehen: Der Vorsitzende hat keine Abschrift der Bulle gemacht, und bei Rückgabe des Originals an Casanova hat sich jede Spur von ihr verloren; oder er hat eine Abschrift gefertigt, die im nachhinein aus dem Aktenbündel, in dem sie steckte, entwendet wurde. Doch warum verschwand nicht auch das Begleitschreiben? Ein so verstümmelter Brief hat schließlich keinen Sinn mehr, er spielt auf etwas an, das nicht mehr existiert. Und da undenkbar ist, daß die Kopie der Absprachebulle verlegt worden ist (die Bestandsaufnahme des Archivs durch die Herausgeber ist höchst akkurat), können keine anderen als die zwei von mir vorgebrachten Vermutungen aufgestellt werden.

11.

Anhand der Protokolle der letzten Verhöre aus der zweiten Januarhälfte 1876 gewinnt man den Eindruck, die Kommission sei müde und ein klein wenig angeschlagen. Die Kommissare machen gegenüber den Zeugen nicht mehr jene scharfsinnigen Bemerkungen wie noch drei Monate zuvor; jetzt hören sie einfach nur zu, und die wenigen, lustlos gestellten Fragen können mit Sicherheit weder intelligenten noch erfahrenen Personen für angemessen genannt werden. Ab dem Tag, an dem die Kommission ihren Standort nach Sizilien verlegt hatte, wurden Präfekte und Bürgermeister, Politiker und Kirchenmänner, Landbesitzer und namhafte Handwerksmeister, Kaufleute und Adlige, Richter und Vorsitzende, hochrangige Militärs und angesehene Universitätsprofessoren, Quästoren und Steuereintreiber verhört – das Beste, was das Geschlecht der Leoparden bis hinunter zur Hauskatze mit Stammbaum zu bieten hatte. Und die Antworten lauteten immer gleich, mit ganz leichten Abänderungen.

Ganz anderes und wesentlich Interessanteres hätte die Kommission aus den Mündern derer hören können, die von vornherein von den Listen der zu Befragenden ausgeschlossen worden waren: Arbeiter, Tagelöhner, Erntearbeiter, Sackträger, Schwefelarbeiter, Salinenarbeiter, Bergleute, Minenburschen, Lastenträger, Eseltreiber, Ablader, fahrende Händler, Kutscher und was es sonst noch alles gibt, Leute eben, die es gewohnt sind, von der Hand in den Mund zu leben, und die deshalb den kleinen Dingen des Alltags wesentlich zugeneigter sind als den großen sozialen und wirtschaftlichen Fragen. Ihr Ausschluß war nicht der Böswilligkeit derer anzulasten, die sie nicht beachten wollten. Im Gegenteil, es handelte sich vielmehr um eine zuvorkommende Höflichkeitsgeste. Wie jedermann weiß, haben diese Leute keine Übung im kultivierten Plaudern, sondern neigen eher zu schamlosem Gerede und zum Fluchen, und die Regierungsbeamten, die die Listen der zu befragenden Kategorien zusammengestellt hatten, hatten sie einfach nicht in Verlegenheit bringen wollen.

Wenngleich die wohlabgewogenen Antworten derer, die sich auf den richtigen, gewählten und geschmeidigen Gebrauch des Wortes verstehen, die gute Absicht der Kommissare stärkten, die anfangs, wie schon gesagt, vorzüglich war, aber nach den ersten beiden Monaten von Tag zu Tag verflachte. Kurz vor der Abreise aus Rom hatten sich die Kommissare am Ende einer der letzten und endlosen Vorbereitungsversammlungen gesagt: »In Sizilien reden wir nur von konkreten Dingen, von Tatsachen, und lassen uns nicht in den Reigen der Unterstellungen, Vermutungen, Andeutungen, der halben Sätze, des Gesagten und Ungesagten hineinziehen. Auf dem Gebiet der Zweideutigkeiten sind die Sizilianer nämlich Meister.«

»Die Sizilianer«, hatte der Abgeordnete Francesco Paternostro noch bekräftigend hinzugefügt,

»behaupten, sie sprächen Latein, sie sprächen Spartanisch, und sie sprächen Sizilianisch. Uns interessiert, daß sie einfach nur Lateinisch reden, was soviel heißt, wie sich klar und deutlich auszudrücken. Man darf sie nicht Sizilianisch reden lassen, ansonsten begreifen wir am Ende überhaupt nichts mehr.«

»Und das Spartanische, wie steht es damit, bitteschön?« hatte Bonfadini gefragt.

»Wenn sie Spartanisch reden, ist es besser, gar nicht auf sie zu hören. Das ist dann ein einziges unflätiges Gerede und Gefluche.«

Diese einstimmig gewählte Linie haben sie dann auch streng befolgt; sie riefen diejenigen, die sich nicht an eine schlichte und bloße Darlegung der Tatsachen hielten, zur Ordnung oder beachteten sie erst gar nicht.

Und die Tatsachen, um mal die augenfälligsten zu nennen, konzentrierten sich auf öffentliche Ausschreibungen, die schamlos manipuliert waren; auf Staatsbeamte im Norden, die wegen vermeintlicher (oder nachgewiesener) Korruption in den Süden versetzt worden waren und auf der Insel paradiesische Zustände vorgefunden hatten; auf Rechtsadministratoren, die sich bei der Rechtsprechung nach ihrer Nase, dem Wind, einer Riesenschlamperei, dem Sturm, nie aber nach dem Bürgerlichen oder dem Strafgesetzbuch richteten; auf öffentliche Bauwerke, die aus Pappkarton gemacht zu sein schienen und am Tag ihrer Einweihung vor den mitschuldigen Bürgermeistern mit der breiten Bürgermeisterschärpe um den Bauch und vor ziemlich verdutzten städtischen Musikkapellen in sich zusammenfielen; auf leerstehende Schulen, in denen seit Urzeiten das Dach kaputt war; auf fehlende wiewohl geplante Krankenhäuser; auf Eisenbahnschienen, die sorgfältig studiert, nach strengsten Kriterien entworfen, pünktlich bezahlt und nie in Betrieb genommen worden waren; auf Brücken, die in der wirklichen Landschaft fehlten, doch auf der topographischen Karte klar und deutlich eingetragen waren; auf Landstraßen, die von einem Ort abgingen und sich im Nichts verloren; und so weiter. So ergab sich ein chaotisches Landschaftsgefüge, das ja, aber es war sozusagen ein pointillistisches Machwerk. Von weitem betrachtet, schien es seine inhärente Logik zu besitzen, aus der Nähe besehen, war es hingegen auf verwirrende Weise aus verschiedenen Abschnitten zusammengesetzt, die nicht nur untereinander keinen Zusammenhang aufwiesen, sondern obendrein auch manchmal im Gegensatz zueinander standen.

Die ehrenwerten Herren Kommissare hatten sich große Mühe gegeben, was um so schlimmer war: Im Laufe der Tage und der Begegnungen ähnelte der Wortlaut der Fragen und der Antworten immer mehr ungeordneten Stücken eines Mosaiks, dessen Vorlagebild abhanden gekommen war, Spielsteinen, die in den Schlamm der ungangbaren Landwege, in den rutschigen Matsch der Stadtstraßen, in die von übergelaufenen Senkgruben überschwemmten Gassen gefallen waren, denn seit dem ersten Tag der Untersuchung hatte es auf der Insel kein einziges Mal zu regnen aufgehört. Es gab keine Rettung, eine wahre Sintflut ging nieder; es genügte schon, daß jemand das nicht überdeckte Wegstück vom Wagen zu irgendeinem Regierungsportal rannte, und schon verlief für ihn die ganze Sitzung höchst ungemütlich, in triefender Kleidung, die nach nasser Wolle stank.

Jene Fakten, mit denen sie gerechnet hatten, waren in Wirklichkeit bedeutungslos, da sie völlig unzusammenhängend waren. Sicherlich mußte es aufgrund ihres Vorhandenseins, ihrer Darstellung, ein Bindeglied, einen Rahmen gegeben haben. Aber den Augen der Kommissare war dieser verborgen geblieben.

12.

Die Anhörung vom 26. Januar 1876 (eine der letzten, denn sämtliche Audienzen endeten am 29. desselben Monats) findet in Messina statt. Zur Aussage finden sich neben anderen der Druckereimeister und ehemalige Parlamentsabgeordnete Michelangelo Bottari und der Baron Francesco Perroni Paladini, Parlamentarier aus Castroreale, ein.

Bottari hat mit meinen Nachforschungen nicht unmittelbar etwas zu tun, doch wegen seines bitteren Schlußkommentars verdient er es, zitiert zu werden: »Sizilien hat keinen anderen Vorteil als den, die italienische Sprache um ein neues Wort (*maffia*) bereichert zu haben.«

Mit dem Baron Perroni Paladini jedoch werden wir wieder über »die Absprache« reden. Reden ist übertrieben, der Baron macht lediglich eine flüchtige Andeutung, zu der nicht einer der Kommissare eine Erklärung verlangt. Seitdem der Generalleutnant Casanova am Anfang der Verhöre, d. h. zwei Monate zuvor, die Kommission über die Existenz der Absprachebulle in Kenntnis gesetzt hat, hat niemand mehr dieses Thema angeschnitten.

Perroni Paladini ist im Studium der Geschichte in seinem Element. Vor den erschöpften Kommissionsmitgliedern ergeht er sich in langatmigen Ausführungen über das Brigantentum auf den Feldern (angefangen bei den Sklavenkriegen) und über die Einrichtung der berittenen Miliz. Die Soldaten zu Pferd waren bewaffnete Abteilungen, die weder etwas mit den Carabinieri noch mit den öffentlichen Sicherheitsbeamten zu tun hatten: Ihre Aufgabe bestand im wesentlichen darin, die Landbesitzer und ihre Güter zu schützen. Die berittenen Soldaten weiterhin im Dienst behalten – und sei es auch mit neuen, strengeren Vorschriften – oder sie endgültig abschaffen, ist eines der Probleme, die sich quer durch sämtliche einhundertvier Anhörungen ziehen. Die Soldaten wurden in derselben Gegend eingesetzt, wo sie auch zur Welt gekommen und aufgewachsen waren. Sie waren so gut wie mit allen Briganten, die in derselben Gegend ihr Unwesen trieben, bekannt oder verwandt. Für die verschwindend geringe Anzahl der ehrlichen Soldaten bedeutete das einen winzigen Vorsprung, für die Mehrheit der Unehrlichen jedoch ein gefundenes Fressen: Oft wurden sie gegen gute Bezahlung oder ein monatliches Fixum zu Komplizen der Briganten. Perroni Paladini verlangt dringend (im Gegensatz zu vielen seiner adligen Kollegen) ihre Abschaffung:

> »Die Einrichtung der Waffenkompanien gegen die Feldräuber ist aufgrund der lokalen und sozialen Konditionen ein altes Übel in Sizilien. So kommt es, daß wir die Bulle *de componenda* und die Erpressungen haben.«

An diesem Punkt ist man ehrlich verwundert: Wieso nur stellen die Kommissare keine einzige Frage, verlangen keinerlei Erklärungen zu der Absprachebulle, als wäre sie eine längst bekannte Sache? Ich muß mich wiederholen: Sie haben nur von Casanova darüber gehört, der sich auch noch bemüht hat, ihnen ein gedrucktes Exemplar zukommen zu lassen. Doch meine Verwunderung hat einen anderen Grund. Ausgehend von der Argumentation Perroni Paladinis bezüglich der berittenen Soldaten und der Briganten auf den Feldern kann die Absprachebulle, auf die der Baron anspielt, nichts anderes als jene Vereinbarung sein, von der wir schon gesprochen haben und die Pallotta in seinem *Dizionario storico* wie folgt definiert: eine geschäftliche Vereinbarung zwischen berittenen Soldaten und Ganoven, derzufolge der Bestohlene wieder in den Besitz seines Eigentums kam, wenn er die Anzeige zurückzog.

Warum aber spricht Perroni Paladini von einer Bulle? Es ist absurd zu glauben, daß ein Vordruck existierte, auf dem die berittenen Soldaten auf der einen und die Briganten auf der anderen Seite von Mal zu Mal die jeweils wechselnden Bedingungen der Abmachung mit Feder oder Bleistift festhielten. Ich muß darauf beharren: Diese Art von Transaktion, die denjenigen kompromittierte, der auf gewisse Weise die öffentliche Ordnung repräsentierte, konnte nicht in Form eines Dokuments existieren. Was dann? Die einzige Möglichkeit ist folgende: Perroni Paladini ist ein Lapsus unterlaufen, und er hat etwas als Absprachebulle bezeichnet, das sicherlich eine Absprache, nicht aber eine Bulle war. Zwar wird der Baron die echte Absprachebulle im Kopf gehabt haben, doch es war nicht die, über welche er vor der Kommission sprach.

Was die echte Absprachebulle war, das wußte der Generalleutnant Casanova sehr wohl. Andernfalls hätte er nicht die bewiesene Umsicht walten lassen. Hätte es sich um die Aufdeckung einer Vereinbarung in schriftlicher Form (wir nehmen das jetzt mal absurderweise an) zwischen einer hochgestellten Autorität und den Briganten gehandelt, hätte Casanova, da bin ich mir sicher, keinen Skandal befürchtet und die Angelegenheit ehrlich, wie er war, bei seinen Vorgesetzten angezeigt, selbst wenn er sich damit in eine schwierige Lage gebracht hätte. Deshalb war die Bulle – die gedruckte, das sei ausdrücklich betont –, die er dem Vorsitzenden der Kommission hatte zukommen lassen, etwas ganz anderes und so ungeheuerlich, daß der Verdacht einer bösen Täuschung hätte aufkommen können.

Aber die von Casanova geschickte Bulle »fehlt«. Sie ist verschwunden. Fein säuberlich archiviert und katalogisiert hingegen sind solche Dokumente wie der Rapport über die totale Sonnenfinsternis des 22. Dezembers 1870 oder der Katalog der Leihbibliothek von Misilmeri (glauben Sie mir, ich erfinde das jetzt nicht), Schriftstücke also von allergrößter Bedeutung für die Untersuchung über das Brigantenwesen … Die Absprachebulle ist jedoch ganz geschickt wie eine Seifenblase geplatzt.

13.

In den Monaten vor und während der Anhörungen wurde die Kommission von einer wahren Flut von Briefen und Schriftstücken überschwemmt. Es handelte sich hierbei um Bittschriften, Anzeigen, Verwaltungsakten, Gerichtsurteile, Berichte, Steuerbescheide, Satzungen von Privatzirkeln, Bilanzen über fromme Werke: ein unendlicher Katalog von Beschwerden, erlittenen Übergriffen, erduldeten Dreistigkeiten, Ungerechtigkeiten, gegen die die Kommission nach Meinung der Bittsteller Abhilfe schaffen sollte. Hunderte von anonymen Briefen wanderten umgehend in den Papierkorb. Doch unter diesen Papieren befanden sich auch solche aus der Feder von Personen, die den Kommissaren auf uneigennützige Weise zu Hilfe kommen und sie von den Ergebnissen der auf eigene Faust durchgeführten Ermittlungen unterrichten wollten. In jenen Jahren war es beinahe Mode geworden, Untersuchungen über die Insel anzustellen – nicht nur von seiten der Regierung und der Kammern (zwei Mitglieder der Kommission waren bereits wegen spezifischer Ermittlungen in Sizilien gewesen), sondern auch Journalisten, Privatbürger und Angehörige des Kulturwesens wurden diesbezüglich aktiv. Beispielsweise der Professor Giuseppe Stocchi, der, zumindest in unseren Augen, jener wie eine Seifenblase geplatzten Absprachebulle wieder zu Gewicht und Bedeutung verholfen hat. Und was für ein Gewicht. Und was für eine Bedeutung.

Bevor wir weitermachen, sagen wir es rundheraus: Die Abmachung (um es noch einmal zu wiederholen, die gesetzwidrige Übereinkunft zwischen Briganten und Polizisten) ist nichts anderes als die *weltliche* und in gewissem Sinn verfälschte Version der authentischen und ursprünglichen Absprachebulle. Sie beinhaltet eine unglaubliche, offiziell vom Klerus (»Bulle«) aufgestellte Tabelle über die Prozentsätze, die für die jeweiligen Verbrechen an die Kirche zu zahlen waren. Der Erwerb der Bulle durch die Delinquenten war gleichbedeutend mit der Unterzeichnung einer Vereinbarung.

Das erklärt also, warum Casanova befürchtet, bei den anderen auf Ungläubigkeit zu stoßen, wenn er davon spricht.

Zwischen August und September des Jahres 1874 veröffentlicht die Zeitung *La Gazzetta d'Italia* vierzehn Briefe des Professors Giuseppe Stocchi, die unter der Überschrift: *Sulla pubblica sicurezza in Sicilia* (*Über die öffentliche Sicherheit in Sizilien*) zusammengefaßt wurden. Diese Schreiben greifen eine Polemik auf, die durch eine Notiz des Parlamentsabgeordneten, Fürst von Belmonte, an das Innenministerium entfacht worden war. Ein Publizist der *Gazzetta* unterstützt Belmonte und zählt in sieben Artikeln die notwendigen Maßnahmen auf, um den »babylonischen Zuständen im moralischen und politischen Bereich« und dem »traurigen Spektakel, das die sizilianische Bevölkerung durch ihre moralische Verkommenheit und das vollständige Wirrwarr ihrer Verhaltensmuster abgibt« ein Ende setzen zu können.

Diese Maßnahmen sind – den Namen des Artikelschreibers weiß ich nicht und will ihn auch gar nicht wissen; ich bin kein Historikerkopf, wie schon gesagt – die folgenden:

– sorgsame Auswahl der Funktionäre in Führungspositionen, die nicht nur auf der Höhe ihrer Verwaltungsaufgaben, sondern gleichzeitig vertrauenerweckende Personen sein sollen
– neues Reglement der berittenen Miliz
– genaue Abgrenzung des Aufgabenbereichs der Sicherheitskräfte, deren Koordinierung allein dem Kommando des Präfekten untersteht
– »die Feldpolizei muß entsprechend strukturiert sein«
– Besetzung der rechtsprechenden Magistratur mit Sizilianern, die aus den nördlichen Provinzen zurückgerufen wurden
– Distanzierung der Präfekte, ihrer Stellvertreter und der Quästoren von der »schlimmen« Cliquenwirtschaft vor Ort
– Aufstellung unmißverständlicher Verhaltensregeln, die allen Angestellten auferlegt werden

An dieser Stelle ist Professor Stocchi, der vom positivistischen Historismus durchdrungen ist und seit einigen Jahren das Rektorenamt des strengen wiewohl fortschrittlichen königlichen Gymnasiums »Ciullo« in Alcamo bekleidet, platt vor Staunen, obgleich er mit den Forderungen des verehrten Schreibers übereinstimmt. Wie soll das angehen?!!

Wenn die Voraussetzungen die der »babylonischen Zustände im moralischen und politischen Bereich« sind und die Rede von »moralischer Verkommenheit« ist, wie können dann diese sieben Maßnahmen eine Wirkung auf das schwere und weitläufige Moralproblem haben, von dem die Überlegung ausging?

Diese Maßnahmen – so argumentiert Professor Stocchi – sind wie heiße Wadenwickel, die den Kern des Problems nicht einmal berühren und lediglich einige sakrosankte Regeln für »eine gute und weise Lokalverwaltung« aufstellen. Man muß vielmehr nach den »Ursachen« des Übels suchen und sich nicht darauf beschränken, die Symptome desselben heilen zu wollen; »das Problem«, schreibt Stocchi, »ist nicht nur ein administratives, sondern ebenso ein politisches, und mehr noch als das ist es ein soziales, und zwar grundsätzlicher und herausragender Natur. Es nicht unter diesem Gesichtspunkt zu sehen und zu erforschen, bedeutete meiner Meinung nach, sich in einem Teufelskreis zu drehen und unnötige Kraftanstrengungen bis zur völligen Erschöpfung zu machen.« Die vierzehn Briefe, die er daraufhin an die *Gazzetta* schickt, tragen folgende Überschriften: 1) *Der Problemstand,* 2) *Die soziale Frage – Das religiöse Element,* 3) *Die soziale Frage – Das wirtschaftlich Element,* 4) *Die soziale Frage – Das politische Element,* 5) *Die Mafia,* 6) *Das Brigantentum und die Viehräuberei,* 7) *Der Familienhaß und die Racheakte,* 8) *Die berittenen Soldaten,* 9) *Die Prozesse,* 10) *Die Stadtverwaltungen,* 11) *Die sizilianische Frau,* 12) *Die Abhilfen,* 13) *Die Abhilfen,* 14) *Die Abhilfen.* Alle sind mit dem Pseudonym »Fly« unterzeichnet.

Daß Herr Professor Stocchi ein genialer Mensch ist, beweist allein schon das Thema des elften Briefs, *La donna siciliana* (*Die sizilianische Frau*). Die Frau hat bei keiner Untersuchungskommission, weder parlamentarischer noch privater Art, jemals Beachtung gefunden. Die sizilianische Frau – schreibt Stocchi – ist ein pures und simples Lustinstrument – und das selbstverständlich nur im trauten Heim. Im Kreis der Familie (die der Mann roh und ungeschlacht liebt) wird die Frau als Liebesobjekt zur wichtigsten Stütze, zum Dreh- und Angelpunkt des Alltagslebens: Sie hängt ihrerseits vollständig von dem Einfluß ab, den die Pfaffen »vermittels des Beichtstuhls und hundert anderer religiöser Praktiken auf sie ausüben«.

Zwangsläufig muß die »Ursachenforschung« auch auf die verschlossene Struktur der sizilianischen Familie eingehen – behauptet Stocchi –, denn in ihrem Schoß entspringen unzählige Bluttaten, die wiederum den Anfang einer langen Verbrechenskette machen.

Man braucht sich nur das Verhalten der Familie vor Augen zu halten, wenn der Sohn oder der Bruder zum Militärdienst einberufen wird; das Ereignis wird als verletzender Eingriff in die Familienstruktur erlebt: »Die Tage der Musterung und der Tauglichkeitsuntersuchung gelten als Tage tiefster Trauer, genau wie beim Tod eines nahen Anverwandten. Die Familie verläßt das Haus nicht, der schulpflichtige Nachwuchs darf nicht zur Schule, die Väter und Brüder begleiten den Einberufenen mit größerem Schmerz, als wenn sie ihm das letzte Geleit geben würden.«

In sehr vielen Fällen ist die Flucht, die Verweigerung ratsamer; eine andere Methode ist, den zukünftigen Rekruten durch Schwächung und Entbehrungen an die Schwelle des Todes zu bringen, so daß er zwangsläufig ausgemustert werden muß. Tatsache ist, daß die Geburten in den Jahren unmittelbar nach der Gründung des Nationalstaates um mindestens fünfunddreißig Prozent sanken. Es kam damals die Redeweise auf: »Jetzt hat man uns auch noch die Lust am Ficken genommen«, wobei Fikken nur in der häuslichen Intimität und sicher nicht als rein sexuelles Vergnügen zu verstehen war.

Bildhaft beschreibt Stocchi die schreckliche Arbeitsqual des Feldarbeiters, des Tagelöhners, der gerade soviel verdient, daß es zum nackten Überleben reicht. Eine »lächerliche« Bezahlung, nennt der Professor das, für die der Arme einen gnadenlosen Boden bearbeiten muß, der ihn buchstäblich zwingt, seinen Padrone oder »unersättlichen Verpächter« zu hassen. Und wenn er in die miserable Behausung heimkehrt, in der seine Familie lebt – ein Loch, das oft der Höhle eines wilden Tieres gleicht –, kommt er nicht umhin zu denken, daß vielleicht das Brigantentum eine Lösung für seinen Zustand sein könnte. Die Absprachebulle wird ihn auf jeden Fall von der Schuld vor Gottes Antlitz freisprechen, denn der Herr im Himmel ist gerecht und kann nicht zulassen, daß ein Mann unter den Stand eines Wildtiers sinkt.

Ich kann hier nicht auf sämtliche Punkte eingehen, die Stocchi anspricht und von denen einer wohldurchdachter ist als der andere: Was die »Ursachenforschung« betrifft, muß man sich jedoch seine Analyse der Denkweise und Logik der herrschenden Klasse, der überheblichen Bürger und der Adligen, die mit den Räubern ihre Absprachen treffen und oft mit ihnen unter einer Decke stecken, vor Augen halten. Sieht man genauer hin, sind es recht viele Punkte, über die sich der Generalleutnant Avogadro di Casanova und der sizilianische Professor Giuseppe Stocchi einig sind, obwohl sie unabhängig voneinander von unterschiedlichen Beobachterposten ausgingen. Beide begehen denselben Fehler: Sie glauben, daß die parlamentarische Untersuchungskommission sich auch mit den »Ursachen« beschäftigen müßte. Die Kommission wollte sich jedoch nur ein Bild von den »Bedingungen« machen, wie sie sich in jenem Moment ihren Augen darboten, und höchstens die Wege aufzeigen, die zu »einer guten und weisen Lokalverwaltung« führten. Aus diesem Grund beachtete sie nicht einmal die Absprachebulle, die eine recht gewichtige »Ursache« gewesen war.

14.

Ausschließlich der Absprachebulle widmet sich Giuseppe Stocchi in seinem zweiten Brief, der den Titel *La questione sociale – Elemento religioso* (*Die soziale Frage – Das religiöse Element*) trägt. Und ich beschränke mich hier wiederum aus Vorsicht auf die bloße Abschrift.

»Der Sizilianer ist im Grunde nicht religiös, sondern abergläubisch. Diese natürliche Veranlagung entwickelt sich bestimmten Interessen gemäß weiter; zuerst, weil er in dieser Art Fatalismus, der Hand in Hand geht mit jeder positiven Religion, eine Ausrede findet und beinahe eine Rechtfertigung seiner Widerspenstigkeit gegen Arbeit und Betriebsamkeit. Dann auch, weil die abscheuliche Duldsamkeit und Lässigkeit der ignoranten Priesterschaft, die korrupt und raffgierig, wie sie ist, die drängende Stimme seines Gewissens einschläfert: Sie überhäuft ihn mit Absolutionen und Segnungen bei jeder Art von Schuld oder Verbrechen und verführt ihn zu einem Lasterleben und zu Missetaten, zu denen er ohnehin schon eine große Neigung hat.

Hier liegt die Hauptwurzel jeglichen Übels. Die verrufensten Gewalttäter haben stets als Diebe und mit der *Absprache* angefangen. Diebstahl und Absprache sind nicht nur toleriert und gerechtfertigt, sondern von der katholischen Religion, wie die sizilianische Priesterschaft und der Laienstand dieselbe verstehen, gefördert.

In der Tat, wißt Ihr, woher der Begriff *Absprache* stammt? Der kommt von der *Absprachebulle* (das ist zugleich der offizielle und populäre Titel), die Jahr für Jahr neu erlassen und aufgrund eines ausdrücklichen Mandats der Bischöfe in sämtlichen Dörfern und Städten Siziliens flächendekkend Verbreitung findet.

Die Absprachebulle wird von Sonderbeauftragten – für gewöhnlich Priester – zum Preis von einer Lira und dreizehn *verkauft*; der Käufer ist danach berechtigt, *ruhigen Gewissens* gestohlene Ware oder Geld im Wert bis zu zweiunddreißig Lire und achtzig einzubehalten.

Für jede zum genannten Preis erworbene Bulle darf sich der Käufer für den Gegenwert als geschlichtet betrachten, bis die Summe des Diebesguts einen Betrag von *dreitausendachthundertsechzig Tari* (1640,50 Lire) erreicht. Wird diese Ziffer überstiegen, muß der Dieb schnurstracks zum Bischof gehen, oder jemanden zu ihm schikken, damit die *Absprache* unter vier Augen zum Zwecke des Schuldenerlasses gemacht wird. Das klingt wie im Märchen!

Aber nicht nur bei Diebstahl kann man sich freikaufen. Auch für weitere neunzehn *Titel* ist das möglich, die jede reale und auch nur vorstellbare Gaunerei umfassen. Man müßte sie alle – einer ist ungeheuerlicher und schamloser als der andere – aufzählen. Doch der Weg ist noch lang, und ich darf die Art dieses Textes und die Vorgaben einer Zeitung nicht vergessen.«

Es sei betont, daß die Hervorhebungen alle von Stocchis Hand stammen, und nun dürfen wir uns eine winzige Pause gestatten. Mit den Zahlen hatte ich es noch nie und kann mir deshalb nicht recht erklären, von welchen diffizilen Schätzungen ausgehend die Bischöfe den Prozentsatz des ihnen Zustehenden berechneten. Es macht wenig Sinn, eine ausführliche Liste der zwanzig »Titel« und dessen, was in ihnen enthalten ist und sich verschiedentlich überschneidet, aufzustellen. Es genügt einfach zu sagen, daß alles mit Preisen im Katalog steht, von der Korruption bis zum Viehdiebstahl, von der falschen Zeugenaussage bis zur Hintergehung von Unzurechnungsfähigen. Aber es gibt noch etwas wesentlich Subtileres.

> »Als kluger Mensch und da ich in die anderen Themen verbissen bin, um die ich mich im folgenden kümmern werde, beschränke ich mich darauf, nur zwei der Titel wortwörtlich zu übertragen, und bitte den Leser, sich den Rest vorzustellen.
>
> 4. Wenn ein ordentlicher Richter oder Staatsanwalt oder Assessor eine Geldsumme oder etwas anderes angenommen hat, um ein *ungerechtes Urteil* zu fällen oder einen Prozeß zum Schaden der Gegenseite in die Länge zu ziehen (sic!), irgendeine Strafverschärfung oder *eine andere unrechtmäßige Sache* zu beschließen, können (sic!) und *sollen sie* für das, was sie erhalten haben, eine Einigung finden.
>
> 16. Alle Weibsbilder, die in der Öffentlichkeit nicht als unehrenhaft gelten, können sich für

die Geldsummen, gleich welcher Höhe, oder Schmuckstücke, die sie auf schändliche Weise erhalten haben, freikaufen; und die Männer, die aus ähnlichem Grund Geld oder anderes von freien Frauen erhalten haben, können sich auf dieselbe Weise einigen. Das ist die Moral, wonach der katholische Klerus das Volk und besonders die unteren Klassen in Sizilien erzieht, und das war die von den vorherigen Regierungen geförderte und vorgegebene Richtung.«

Holen wir einen Augenblick Luft, um einen Kommentar anzudeuten. Die »Weibsbilder, die in der Öffentlichkeit als unehrenhaft gelten«, sind nicht ausgenommen, sie finden sich in einem anderen Kapitel oder unter einem anderen Titel, wo die Prostitution bis in alle Einzelheiten abgehandelt ist, ebenso wie die Rolle des Zuhälters, des »Absahners«, wie er damals in Sizilien hieß. Hier aber werden die Frauen, die »in der Öffentlichkeit nicht als unehrenhaft gelten«, die jedoch von ihrem Liebhaber Geldgeschenke oder Edelsteine erhalten haben, in Betracht gezogen; ebenfalls sind die Männer angeführt, die von einer »freien« Frau (im Sinne von Ehebrecherin) ein Geschenk gleich welcher Art für ihre Dienste entgegengenommen haben. Welch verheerende Auswirkungen die Absprachebulle haben kann, geht jedoch aus Punkt vier hervor, wo jede Form von Ungerechtigkeit, die innerhalb des öffentlichen Justizwesens geschieht, entsprechend zurechtgebogen werden konnte. Und mehr noch: Jedes in der Bulle angegebene Verbrechen wird zu Recht als »schandhaft«, »ungerecht« usw. definiert: Es handelt sich hierbei um ein moralisches Urteil, das über den Käufer, nicht aber über den Verkäufer der Bulle gefällt wird.

»Was ist nun der *Preis* der Absprachebulle? Eine Abgabe auf das Delikt zugunsten des Klerus, die zugleich eine Diebstahlsbeteiligung und selbst wiederum ein Diebstahl ist. Und das gemeine Volk, das seine Interessen und Laster mit scharfem Kalkül und unvergleichlicher Logik verfolgt, schließt daraus (es wäre ja gelacht, wenn es das nicht täte): Wenn der Pfaffe bei Diebstählen mitmacht und klaut, darf es selbst mit noch viel größerem Recht stehlen, und der Diebstahl ist deshalb *keine Sünde*. Wenn nun der unwissende Sizilianer überzeugt ist, daß etwas keine Sünde ist, fürchtet er den ganzen Rest auch nicht und läßt den lieben Gott einen guten Mann sein; tausenderlei Mittel und Wege stehen ihm nämlich zur Verfügung, um nicht Opfer der menschlichen Justiz zu werden oder sich ihr ganz zu entziehen. Ihm genügt es einfach, sicher zu sein (eine törichte, aber verderbliche Gewißheit), daß er nicht in die *Hölle* kommt; und vor dieser einzigen Angst bewahren ihn das Vorbild des Priesters und sein Sündenfreispruch.

Was ist dann die *Absprachebulle*? Sie ist nicht mehr und nicht weniger als eine *Erpressung*. Und auch hier stellt der idiotische und raffgierige Sizilianer dieselbe Überlegung an und gelangt so zwangsläufig zur gleichen Schlußfolgerung.

Wie der Viehraub, einer der schlimmsten Übel in Sizilien, geradewegs vom genehmigten Diebstahl herrührt und beinahe vom Gottesdiener und durch eine Art religiöses Ritual heilig erklärt wurde, so folgen daraus zwangsläufig auch die bewaffneten Raubüberfälle und die Straßenräuberei, die wiederum Körperverletzungen und Morde nach sich ziehen. Nicht weniger augenfällig und unbestreitbar ist die Verbindung zwischen Absprachebulle und Erpressungen, Erpressungen und Menschenentführung, welche ebenfalls mit Bluttaten in Zusammenhang stehen.

Es ist eine ununterbrochene Kette schrecklicher Solidarität. Entweder wird das erste Glied zerbrochen und vernichtet, oder besser noch das Rückenstück, an das es angehängt ist, oder man muß das tödliche Treiben bis zum bitteren Ende ertragen, wie im Zwinggriff des Henkers.«

15.

»Der Sizilianer«, behauptet Professor Stocchi in seiner Vorrede, »ist von Natur aus nicht religiös, sondern abergläubisch.«

Es gibt eine herrliche Farce von Francesco Lanza, die meiner Ansicht nach sehr gut zum Ausdruck bringt, was die wahre »Natur« des Sizilianers in Sachen Glaubensfragen ist.

Ein Bauer aus Nicosìa hatte in seinem Weinberg einen Birnbaum, der trotz ausgiebiger Pflege, Stutzen und Veredelung weder zum Blühen kam noch Früchte trug. Nach einigen Jahren vergeblichen Wartens war es der Bauer leid, nahm die Axt und machte aus den Ästen Brennholz. Den Stamm ließ er so, wie er war, Wind und Wetter ausgesetzt. In der Dorfkirche nun fehlte eine Christusstatue, und der herbeigerufene Bildhauer hielt den Baumstamm für sein Vorhaben für bestens geeignet. Der Mann aus Nicosìa gestattete ihm, den Baumstamm direkt am Boden abzusägen und mitzunehmen. Der Bildhauer war ein großer Meister, und die kunstvoll geschnitzte Christusstatue im Kircheninnern sah einfach wunderschön aus. So kamen alle Gläubigen zu der Überzeugung, daß ein derart schöner und gottähnlicher Christus einfach wundertätig sein mußte. Eines schlimmen Tages nun erkrankte der Sohn des Bauern aus Nicosìa schwer; der stürzte in die Kirche und begann zur Statue zu beten: »Erinnere dich, daß ich dich, als du noch ein Birnbaum warst, gepflegt und gehegt habe; ich bin es gewesen, der deine Äste abgeholzt hat; meine Idee ist es gewesen, dich mitten auf dem Feld stehenzulassen, und schließlich bin ich derjenige, der dich dem Bildhauer überlassen hat. Wie auch immer, ohne mich wärest du nie Christus geworden, wärest ein unfruchtbarer Birnbaum wie viele andere in dieser Gegend geblieben.« Der hölzerne Christus zeigte nicht die leiseste Regung, ob er nun jenen Bitten Gehör schenken wollte oder nicht – im Gegenteil, es schien so, als würde er sich immer mehr verschließen, je mehr der Arme ihn anflehte. Schließlich kamen Leute und sagten dem Nicosianer, er solle mit dem Beten aufhören: Sein Sohn sei tot.

»O weh!« schrie er da und schlug sich auf die Schenkel. »Als Birnbaum trugst du nie Birnen, und als Christus tust du nicht mal Wunder. Der Angeschmierte bin ich, der ich auch noch zu dir gebetet habe.«

Was die Absprachebulle angeht, so hat diese rein gar nichts mit Aberglauben zu tun. Sie wurde in der Kirche von den Pfaffen oder dem Sakristan im Auftrag des Dorfgeistlichen verkauft. Sie war in jeder Hinsicht eine Gottessache.

Ich will vermeiden, daß jemand aus meinem Verschulden einem dummen Mißverständnis zum Opfer fällt. Wenn ich den Weg im Geist noch einmal zurückverfolge, auf dem ich nach und nach eine Erklärung für die Absprachebulle finden konnte, so habe ich an einem bestimmten Punkt die Bettelbulle ins Spiel gebracht, die ich unter den Papieren meiner Mutter gefunden hatte. Hierbei handelte es sich um eine ganz normale Ablaßbulle, die nur die eine einzige Abnormität besaß, daß sie seelenruhig dank des kleinen, bereits erwähnten Tricks verkauft werden konnte. Von außergewöhnlichen Kräften, durch die Unwetter zur Ruhe gebracht oder Brände erstickt werden (oder die jemanden vor Diebstählen bewahren, wie Consolo schrieb), stand auf dem bemalten Blatt Papier nicht das geringste: Das war etwas, worüber die Fratres, die die Bulle verkauften, hinter vorgehaltener Hand flüsterten und woran die Gläubigen hartnäckig glaubten: Über diese Variante des Aberglaubens, die einer religiösen Wurzel entsprang, hatte noch nie jemand etwas schwarz auf weiß festgehalten; jederzeit konnte alles von denen dementiert und geleugnet werden, die die Bulle in Umlauf gebracht hatten.

Ich möchte nun nicht die Vermutung aufkommen lassen, daß die Absprachebulle auf irgendeine abstruse Weise den Wert einer Ablaßbulle haben könnte, und sei diese noch so trügerisch. Beide ähneln sich jedoch rein äußerlich.

Sehen wir uns einige Ähnlichkeiten einmal genauer an. Beide werden den Gläubigen nach dem von Stocchi definierten »religiösen Ritual« angeboten.

Notwendigerweise muß aber vorausgeschickt werden, daß Professor Stocchi den vierzehn öffentlichen Briefen an die Kommission viele handschriftliche Blätter beigefügt hatte: Sie enthalten Erläuterungen und genauere Erklärungen, die die Zeitungsartikel nur langatmig hätten wirken lassen. Und wir behalten diese handgeschriebenen Seiten gebührend in Erinnerung.

Die Absprachebulle wurde wie jede andere Ablaßbulle am heiligsten Ort überhaupt, im Haus des Herrn, in der Kirche, und zwar im Innern der Kirchenmauern, nicht auf dem Kirchplatz oder in angrenzenden Bereichen oder in der Sakristei, zum Kauf angeboten. Die Absprachebulle ebenso wie die Ablaßbulle konnte man also in der Kirche finden, jedoch nur an besonderen Tagen: Danach waren sie nicht mehr erhältlich. Besondere Tage sind im allgemeinen die religiösen Feiertage (auch solche wie das Fest zu Ehren des Stadtheiligen); wie die Bettelbulle in der Osterwoche so wurde die Absprachebulle in der Zeit zwischen Weihnachten und Epiphanias verkauft. Die Absprachebulle wurde auf die gleiche Weise wie die Ablaßbulle von den Fratres oder Gottesdienern (sprich von »den Priestern«) verkauft. Ich bin dennoch fest davon überzeugt, daß auch andere Leute, die keine Gottesdiener waren, diesen aber sehr nahestanden wie zum Beispiel die Sakristane, die Absprachebulle feilboten. Man bedenke, daß in vielen Kirchen bis heute der Sakristan das Alter ego des Priesters ist. Das sage ich, weil im Fall der Absprachebulle die Pfaffen sehr wohl wußten, daß sie schlecht handelten; und so übertrugen sie dem Sakristan die Schmutzarbeit und konnten jederzeit ihre Hände in Unschuld waschen.

Schließlich war die Absprachebulle wie auch die Ablaßbulle von einer höheren Kirchenautorität als einem Pfarrer erlassen worden, und zwar mindestens von einem Bischof.

16.

Den Sündenablässen widmet die *Enciclopedia cattolica* (ich wage kein anderes Buch zu diesem Thema zur Hand zu nehmen, da ich ansonsten den Boden unter den Füßen verlieren würde) viele dichtbeschriebene Seiten. Einige Abschnitte daraus muß ich zwangsläufig zitieren, um das Verhältnis zwischen Bulle und Sündenablaß besser verständlich zu machen:

> »NATUR. Die Kirchenlehre besagt, daß jede Sünde, auch die läßlichste, in der Menschenseele nicht nur den Status der Sünde, sondern auch den der Buße hinterläßt. Der Gläubige, der seine Sünden beichtet oder einen vollständigen Akt der Bußfertigkeit mit Beichtabsicht vollbringt, erhält gewiß die Erlösung von seiner Schuld und die Vergebung der ewigen Strafe, die auf jede schwere Schuld folgt, jedoch nicht immer oder zumindest nicht gänzlich; er erreicht den Erlaß von der irdischen Strafe in diesem Leben durch Befriedigungswerke und Ablässe, oder er muß sie im jenseitigen Leben im Purgatorium sühnen. Der Ablaß ist deshalb nicht die Vergebung der ewigen Strafe, die zusammen mit der Schuld vergeben wird, noch ist sie Erlaß der tödlichen oder käuflichen Schuld. Noch viel weniger darf man behaupten, daß der Ablaß die Vergebung zukünftiger Sünden sei, wie einige Protestanten es ge-

lehrt haben: Das hat Papst Eugen IV. *expressis verbis* erklärt. Der Ablaß hingegen ist ein Akt der Rechtsprechung, der den Gnadenstand voraussetzt und auf die lebenden wie auf die verstorbenen Gläubigen, wenn auch auf unterschiedliche Weise, angewandt wird. Für die Lebenden erfolgt der Ablaß auf dem Weg der Absolution, das heißt durch Vergebung vermittels eines Akts der Justizmacht, der eine Auslösung oder eine Bezahlung notwendig macht, die durch die Gemeingüter der christlichen Familie geschieht ... Dieser Straferlaß wird nicht nur in einem externen Gerichtshof, vor der Kirche, sondern auch in einem internen Gericht, vor Gott, wirksam. Die Kirchenautorität schöpft für die Vergabe der Sündenablässe aus dem himmlischen Gnadenschatz, der aus den Verdiensten Jesu Christi, des Erlösers, besteht, zu denen die der Jungfrau Maria und der Heiligen hinzukommen. Jedes gute Werk, das im Gnadenstand getan wird, trägt nicht nur die Seite des Verdienstes an sich – die unveräußerlich ist und die das Anrecht auf gerechte Belohnung gibt –, sondern auch die erlösende Seite in sich; durch sie kann die irdische Schuld, die man durch Sünde auf sich gehäuft hat, gesühnt werden; sie darf auch anderen überlassen werden. Dieser Schatz wird durch die heilige Kommunion ausgeschüttet, kraft derer die triumphierende, die läuternde und die militante Kirche nicht drei verschiedene Gesellschaften sind, sondern einen einzigen Leib bilden mit Jesus Christus als Oberhaupt und den Gläubigen als Gliedmaßen ...

EIGENSCHAFTEN FÜR DIE VERGABE UND DEN ERWERB DER SÜNDENABLÄSSE. Vom Vergeber der Sündenablässe verlangt man, daß er dazu befugt ist. Die Güter einer Gesellschaft zu verteilen, wie es eben bei den Sündenablässen in bezug auf die christliche Familie der Fall ist, ist Aufgabe derer, die an der Spitze der genannten Gesellschaft stehen. Man fordert im übrigen einen rechtmäßigen und angemessenen Grund: Wem die Vergabe der Sündenablässe obliegt, darf kein Verschwender des Kirchenschatzes, sondern muß ein Spender sein.

Von seiten des Erwerbers wird gefordert: a) daß er getauft sei. An den Gütern einer Gesellschaft können nur deren Mitglieder teilhaben, und Kirchenmitglied wird man nur durch die Taufe; b) daß er im Gnadenstand sei, zumindest wenn er das letzte ihm auferlegte Werk ausführt: Solange die Schuld besteht, darf keinerlei Sündenerlaß erfolgen; c) daß er dem Vergeber untergeben ist (doch wenn der Ablaßvergeber der Bischof einer Diözese ist, können auch all die aus dem Ablaß Nutzen ziehen, die sich auf seinem Territorium befinden); e) daß er alle Bedingungen erfüllt; die Beichte, die Kommunion, das Aufsagen irgendeines Gebets sind gewöhnlich unabdingbare Voraussetzungen für den Erwerb des Sündenablasses …«

Ich bitte um Verzeihung, wenn ich hier ausführlich, ohne die mindeste Kürzung oder irgendeine Zusammenfassung zitiert habe; mir ist leider klargeworden, daß ich nicht im entferntesten so schreiben kann wie diejenigen, die sich auf sehr subtile Weise mit solcherlei Fragestellungen auseinandersetzen. Ich betrachte mich einfach als zu grobschlächtig für zarte Feinabtönungen, für kaum wahrnehmbare Abstufungen. Sinn und Zweck dieses langen Zitats ist jedenfalls darzulegen, daß die Absprachebulle nichts mit dem Sündenablaß zu tun hat, abgesehen von einigen Äußerlichkeiten und ihrer Vergabe durch den Bischof.

Unabdingbar für den Erwerb des Sündenablasses sind also außer der Taufe noch die Beichte, die Kommunion und das Gebet. Es ist notwendig, sich im Gnadenstand zu halten. Bei der Absprachebulle jedoch gibt es an keinem Punkt und zu keiner Zeit ähnliche Auflagen. Es gab, das ja, eine Scheinbeichte, die notwendig war, damit der Käufer der Bulle nicht erkannt wurde. Er kniete im Beichtstuhl nieder wie jeder andere Bußfertige, doch anstatt zu beichten, brachte er im Flüsterton sein Anliegen vor; darauf erhielt er die Bulle durch einen Schlitz des Gitters, und auf demselben Weg überreichte er die zu zahlende Geldsumme. Wurde die Bulle jedoch vom Sakristan verkauft, bot der sie in der Sakristei auf einem Stuhl hinter einem schweren Vorhang sitzend zur günstigen Stunde feil. Die Absprachebulle konnte auch dann erworben werden, wenn man sich nicht im Gnadenstand befand.

Ein anderer wesentlicher Punkt ist der, daß der Sündenerlaß auf keinen Fall für zukünftige Sünden erworben werden konnte, er galt ausschließlich für bereits begangene Verfehlungen. Mir scheint deshalb nicht unwichtig, einen Blick auf den Zeitraum zu werfen, in dem die Absprachebulle zum Verkauf in den Kirchen angeboten wurde, nämlich zwischen Weihnachten und Heilige Drei Könige. Das ist, wie jedermann weiß, die Zeit der Bilanzen und Kostenvoranschläge. Ich passe mich der Bürokratensprache aus der *Enciclopedia* an, die von Erwerb, Gesellschaft, Bezahlung, Schuld, Schatz, Erwerber, Gewinn spricht. Man kann mir entgegenhalten, daß all das nicht wörtlich zu deuten sei. Einverstanden. Warum aber eine Interpretation erzwingen, wenn es doch eine Sprache für weltliche und eine für Gottesdinge gibt?

Ich werde mich hinsichtlich der Bilanzen und Kostenvoranschläge klar und deutlich ausdrücken: Da die Absprachebulle nun mal von der Reue ausgenommen ist, muß sie der irdischen Aufeinanderfolge von Schuld und Buße unterstehen, sie darf nicht nur rückwirkenden Wert haben. Erfolgt der Verkauf der Bulle genau zwischen den Jahren, so geht ihre Wirkung in zwei Richtungen – sie gilt für das gerade vergangene Jahr genauso wie für das beginnende.

Es gibt keinen Weg, die Bulle zu veredeln (lassen Sie mir dieses Verb bitte durchgehen), indem man sie mit einer x-beliebigen Ablaßbulle, und sei sie noch so aus der Art geschlagen, auf eine Ebene stellt. Die Absprachebulle ist, ich wiederhole mich, schlicht und einfach ein Teufelspakt: nur daß einer der Kontrahenten die höchste geistliche Macht – die Kirche nämlich – darstellt, die an dieser Stelle gewiß nicht die Rolle der Mutter innehat, sondern ein schlechtes Vorbild ist.

Ein einziges Verbrechen berücksichtigt die Absprachebulle nicht, und zwar Mord (was, offen gesagt, auch ein wenig zuviel verlangt wäre). Doch der Sizilianer besitzt, wie Professor Stocchi schreibt, »schärfstes Kalkül und unvergleichliche Logik«.

Wie Tano Fragalà.

17.

Um fünf Uhr früh am Weihnachtsmorgen begann Padre Pirrotta die frisch eingetroffenen, am Vortag vom Bistum zugeschickten Absprachebullen zu verkaufen. Der Verkauf dauerte täglich bis sieben Uhr, und am Dreikönigstag war dann Schluß. Der Priester nahm an jenen Tagen in einem der zwei Beichtstühle der Kirche in Vigàta Platz, zog die Sichtvorhänge zu, damit er ja nicht das Gesicht des Käufers erkennen konnte, und wartete auf Kundschaft für die Absprachebullen.

Die Frauen, die in den beiden Stunden zur ersten und zweiten Frühmette von Padre Jacolino kamen, nahmen vorsichtig in einer Position Platz, von wo aus ihr Blick unter keinen Umständen den Beichtstuhl streifte. »Wer weniger weiß, lebt länger und gedeiht besser«, lautet ein Sprichwort, und das ist eine heilige Regel, vor allem dann, wenn die Dinge, die man erfährt, in großer Runde bekannt werden: Dann kann man nicht mehr nach eigener Fasson leben, sondern muß achtgeben, was die anderen sagen. Und unter diesen anderen kann immer mal ein Plappermaul sein, das den Mund nicht halten kann und einen ruiniert. Genau aus diesem Grund blickten die Frauen nicht hin und taten nicht selten so, als suchten sie ihren Rosenkranz oder ihr Kopftuch, damit die Männer sich bequem Zeit lassen konnten. Jeder Käufer einer Bulle brauchte ziemlich lange Zeit, denn es ging ja nicht bloß darum, zu zahlen und das Stück Papier, das der Pfarrer unter dem Gitter hindurchschob, in die Hosentasche zu stecken. Zuallererst war da das Problem der Geheimhaltung. Wer sich dort einfand, um die Bulle zu erwerben, hatte keinerlei Interesse daran, erkannt zu werden, da er ein Delinquent war oder im Begriff war, einer zu werden. Der Käufer kniete nieder, wie um zu beichten, und redete entweder so leise, daß der Pfarrer sich die Fragen mehrmals wiederholen lassen mußte, oder er verstellte seine Stimme derart, daß Pirrotta glaubte, unter den Arabern zu sein.

Weil nun die Kunden allesamt Analphabeten waren, mußte der Pfaffe viel erklären und gut rechnen. Die Dinge waren nie einfach: In den zwanzig »Titeln« der Absprachebulle (die eine Lire und dreizehn kostete und dem Käufer die Möglichkeit verschaffte, *ruhigen Gewissens* gestohlene Ware im Wert bis zu zweiunddreißig Lire und achtzig zu behalten) wimmelte es nur so von Korruption, Diebstahl, Viehraub, Ehebruch, Meineid, Überfall und anderen Schuldbegehen und Verbrechen, und diese überkreuzten sich untereinander auf so phantasievolle Weise, daß Padre Pirrotta sich gezwungen sah, den weisen Führer durch diese Mäander zu spielen.

»Sprechen wir Latein, klipp und klar. Wie hoch war der Gewinn?«

»Zweiunddreißig Lire.«

»Haargenau?«

»Hmm, nein. Und neunzig Centesimi.«

»Also dann bedarf es hier zweier Bullen.«

»Nur wegen zehn Centesimi?«

»Ja, der Herr.«

»Und was mache ich mit der Differenz?«

»Die hebt Ihr Euch für ein andermal auf.«

»Und wenn ich die zehn Soldi als Almosen verteile?«

»Ihr braucht trotzdem zwei Bullen. Die Differenzsumme gehört nicht Euch, wollt Ihr das nun begreifen oder nicht, Herrgott noch eins!?«

»Und wenn ich sie dem Besitzer zurückgebe?«

»Bravo! Der wird Euch dann anzeigen, und Ihr wandert ins Gefängnis. Die Bulle schützt schließlich nur Eure Seele.«

Manchmal waren die Unterredungen noch eine Spur verwickelter; Padre Pirrotta war es, als dränge er von Frage zu Frage immer tiefer ins Tal von Giosafatte ein, wo es, wie man sagt, immer rauchig und neblig ist.

»Sprechen wir Klartext. Du bist gerade dabei, deinen Weinberg zu hacken, als plötzlich die fremde Frau vor dir steht. Du wußtest, was sie von dir wollte?«

»Das hatte sie mir bereits zu verstehen gegeben. Seit zwei Tagen lauerte sie mir bei der Arbeit auf und glotzte mich an.«

»Ist gut. Und mit der Ausrede, daß sie sich am Bein verletzt habe, hat sie sich von dir hochheben und in einen Heuhaufen tragen lassen. Stimmt das so?«

»Ja, genau. Und hinterher hat sie mir zwanzig Lire gegeben.«

»Und das ist der Knackpunkt. Weißt du, ob sie reich ist?«

»Sie ist immer mit Ringen, Ketten und Armbändern behängt.«

»Verrätst du mir etwas: Du wußtest, daß sie reich war, und als du dich mit ihr im Heu vergnügtest, ist dir da nicht in den Sinn gekommen, daß etwas für dich dabei herausspringen könnte?«

»Nun, hm …«

»Also ja oder nein? Vergiß nicht, wir sind in einem Beichtstuhl.«

»Ja, ja.«

»Also dann bedarf es hier der Bulle. Oder besser noch, nimm gleich drei oder vier, ich bin mir sicher, daß dieser Dame das Bein noch mehrmals weh tun wird.«

Und seit zehn Jahren erschien an jedem Weihnachtsmorgen Schlag fünf – Padre Pirrotta hatte nicht einmal Zeit, seinen Platz einzunehmen – Tano Fragalà. Er kam ohne jede Verstellung, tat auch nicht so, als müsse er die Beichte ablegen, und baute sich vor dem Pfarrer auf – längst wußte das ganze Dorf über sein Anliegen Bescheid.

»Gibt es dieses Jahr Neuigkeiten mit der Bulle?«

Der Pfarrer atmete tief durch und erklärte geduldig: »Nein, es gibt nichts Neues. Es gibt die Abmachung für Diebstahl, und Ihr habt noch nie auch nur einen Tari geklaut. Es gibt die Abmachung für sittenloses Verhalten, und Ihr habt der guten Seele von Ehefrau noch nie Unrecht zugefügt. Dann gibt es die Abmachung für Lügenmärchen, und Ihr habt immer die Wahrheit gesagt. Laßt es gut sein, Don Tano, das, wonach Ihr sucht, wird nie in die Bulle aufgenommen werden.«

Und Tano Fragalà machte sich wieder auf den Weg zu seinem flachen Steinhaus auf der Punta Capizzi; er brauchte eine Stunde, um nach Vigàta hinunterzugelangen und eineinhalb Stunden für den Heimweg steil bergauf.

Von Luzzo Pagliuca hieß es, er habe ein zehnjähriges Mädchen vergewaltigt und es hinterher abgestochen wie ein Opferlamm; vor zehn Jahren nun hatte er Don Tanos Sohn Santino wegen einer lausigen Handvoll Grenzsteine, die zwischen seinen Acker und den von Don Tano gerutscht waren, den Kopf eingeschlagen und ihn auf der Landstraße liegenlassen. Dort hatte sein Vater ihn gefunden, doch jede Hilfe kam zu spät: Der Bursche war zwei Stunden später tot, ohne zuvor sagen zu können, wer sein Mörder war. Mit dem Kopf und den Augen machte er jedoch, bevor er starb, verzweifelte Zeichen in Richtung Luzzos Haus, und ein Vater begreift auch ohne Worte, was der Sohn ihm sagen will. Außer sich hatte der nach der Heppe gegriffen und wollte sich gerade auf den Weg machen, als seine Frau Maria, die noch neben dem Sohn kniete, um ihm die Augen zu schließen, laut ausrief:

»Tano! Denk an die Hölle! Bring deine Seele nicht in Verdammnis!«

Schlagartig hatte er innegehalten und das Hackmesser fallen lassen.

Dem stellvertretenden Kommissar Cumbo hatte Luzzo Pagliuca erklärt, daß er an dem Tag, an dem Santino ermordet wurde, gar nicht in Vigàta gewesen sei, sondern zwei Freunde in Fela aufgesucht habe, die das im Bedarfsfall auch bezeugen könnten. Und so konnte sich Luzzo jedesmal, wenn er Tano begegnete, den Luxus leisten, ihm unverschämt ins Gesicht zu grinsen. Keine sechs Monate waren seit dem Trauerfall vergangen, als auch die

Signora Maria vom Schmerz dahingerafft das Zeitliche segnete. Und seit dem Augenblick war Tanos einziges Sinnen und Trachten darauf gerichtet, Pagliuca umzubringen, ohne dafür im Fegefeuer schmoren zu müssen. Die einzige Möglichkeit wäre die Absprachebulle gewesen, doch von Mord stand nichts auf dem Papier. Das erste Mal, als er tatsächlich beichten ging, hatte er Padre Pirrotta gefragt, ob man hoffen dürfe, daß es eines Tages eine Absprache für einen gerechten und sakrosankten Mord gäbe. Der Priester war dermaßen in Rage gekommen, daß er ihm die Absolution verweigert hatte.

Es waren nur noch wenige Minuten bis sieben Uhr früh am Dreikönigstag, und Padre Pirrotta erhob sich gerade aus dem Beichtstuhl, um in die Sakristei zu gehen, als er die Stimme von Tano Fragalà hörte, der ihm vom Kircheneingang aus zurief, noch einen Augenblick zu warten. Als der Padre in seiner Reichweite war, platzte er heraus: »Ich hab's Euch doch schon vor dreizehn Tagen gesagt! An Weihnachten! Es gibt nichts in der Bulle, was für Euch von Interesse wäre! Ihr habt einen Schädel wie aus Granit! Schlimmer als ein Esel!«

»Macht schnell und gebt mir eine.«

Padre Pirrotta hielt verblüfft inne.

»Ist das immer noch wegen derselben Angelegenheit?« fragte er verunsichert.

»Ja, genau.«

»Aber diese Sache steht nicht in der Bulle, was wollt Ihr bloß! Und wenn sie darin wäre, würde sie soviel kosten wie die ganze Schöpfung!«

»Eine reicht vollauf.«

Völlig vor den Kopf gestoßen reichte Padre Pirrotta ihm mit einer Hand die Bulle, und mit der anderen kassierte er das Geld ein.

Tano wartete geduldig an seinem Tischchen im Weinausschank von Totò Bellomo auf die Stunde, da Luzzo Pagliuca auf die Minute genau auftauchte, um sich das erste Viertel des Tages zu genehmigen. Und in der Tat: Um Punkt acht trat Luzzo ein und grinste Tano spöttisch an. Um acht Uhr und zwei Minuten trank er den ersten Becher. Um acht Uhr und drei Minuten kehrte er Fragalà den Rücken zu. Um acht Uhr und vier Minuten lag er auf dem Boden mit einem Fleischerhaken in der Gurgel, und aus dem aufgeschlitzten Fleisch rannen Blut, Wein und Leben.

»Und dank mir auch schön«, sagte Tano Fragalà zum Toten, während er den Fleischerhaken wieder an sich nahm, den der Metzger ihm geliehen hatte, »daß ich dir ein langes Sterben erspart habe.«

Kommissar Cumbo ging zusammen mit einem Wachsoldaten zur Hütte auf die Punta Capizzi, um ihn zu verhaften. Tano, der sein Häuschen aufgeräumt hatte, schien geradezu erfreut, die beiden zu sehen. Da sie die Steigung im Eilschritt zurückgelegt hatten, waren sie außer Atem.

»Wenn Ihr gestattet, ruhen wir uns ein wenig aus«, meinte Cumbo, »dann steigen wir schön alle drei nach Vigàta hinunter.«

»Darf ich Euch ein Glas Wein anbieten?« fragte Tano. Die beiden nahmen dankend an. Beim Trinken sah der Kommissar, wie Fragalà stille Tränen übers Gesicht liefen.

»Nehmt Euren Mut zusammen«, sagte er voller

Mitleid, »vielleicht habt Ihr im Gefängnis mehr Gesellschaft, als Ihr in der letzten Zeit hier gehabt habt.«

»Das ist es nicht.«

»Also, was ist es dann? Habt Ihr Gewissensbisse? Don Tano, wir sind unter Freunden und können offen reden. Ich bin immer überzeugt gewesen, daß Luzzo der Mörder Eures Sohns war, aber ich konnte nichts ausrichten, mir fehlten die Beweise. Dieser Ruchlose, war das etwa ein Mann? Eine Bestie, ein Schwein war das.«

Ein breites Lächeln überzog Fragalàs Gesicht. Es fehlte nicht viel, und er wäre Cumbo um den Hals gefallen.

»Und auf welche Weise habe ich ihn getötet? Habe ich ihn etwa nicht wie ein Schwein abgestochen, mit einem Metzgerhaken? Und ich habe ihn auch als Schwein schätzen lassen: Er wog achtzig Kilo und war ganze zehn Lire wert. Ich kann noch zwei andere wie Luzzo umbringen, und mir bleiben immer noch achtzig Centesimi übrig.«

»Was ist das für ein Schwachsinn!« entgegnete der stellvertretende Kommissar. »Einverstanden, was die Schätzung angeht, Luzzo war nicht einmal zehn Lire wert, denn das abgestochene Schwein kannst du wenigstens hinterher essen. Doch bleibt die Tatsache bestehen, daß Ihr einen Christenmenschen getötet habt.«

Mit dem Zeigefinger bedeutete Tano ein Nein.

»Wollt Ihr jetzt etwa behaupten, daß Ihr ihn nicht umgebracht habt?«

»Habt Ihr die Todesanzeige des Advokaten Sciaìno gesehen, die an der Mauer klebt?« fragte Tano mit Fuchsblick.

»Was hat die denn damit zu tun?«

»Eine ganze Menge. Heute früh sah ich diese Todesanzeige in Vigàta. Ich kann aber weder lesen noch schreiben, und genau deshalb weinte ich vor einer Minute. Denn hätte ich lesen und schreiben können, hätte ich Luzzo viel eher beseitigt. Der Maestro Contino war gerade in der Nähe, und ich habe ihn gebeten, mir vorzulesen, was dort auf dem Anschlag geschrieben stand. Und schon die ersten Worte, die er mir vorlas, hakten sich in meinem Hirn fest: »Dem Kreis seiner lieben Angehörigen wurde genommen ...« – »Genommen! Geraubt! Entwendet! Habt Ihr verstanden, Kommissar? Ich habe die Beine unter die Arme genommen und bin in die Kirche gerannt – denn hätte ich es nicht rechtzeitig geschafft, hätte ich noch ein weiteres Jahr warten müssen – und habe die Bulle gekauft, worin es um jede Art von Diebstahl geht. Ich habe Luzzo nicht umgebracht, ich habe Luzzo nicht mal zu Gesicht gekriegt. Ich habe nur ein Schwein gestohlen, und dem Schwein habe ich das Leben genommen, wie es auf dem Aushang an der Mauer steht.«

»Aber jemanden als Schwein zu bezeichnen ist eine Metapher!« trumpfte Cumbo auf, der ein belesener Mann war. »Und zu sagen, jemand wurde aus dem Kreis seiner lieben Angehörigen genommen, ist ebenfalls eine Metapher.«

»Metapher hin oder her«, erwiderte Tano Fragalà vergnügt, »ich habe jetzt ein reines Gewissen.«

18.

Ich habe mich von meiner Phantasie und Erfindungslust treiben lassen, vielleicht ist das in einem so ernsthaften Rahmen ungehörig; aber es war wie ein Drang, mich selbst zu schützen, ein vergeblicher Fluchtversuch.

Wenn ich mich an diese Untersuchung gemacht und sie aufgeschrieben habe, dann vor allem, weil es mir angebracht erschien, selbst mit einer Verspätung von über hundertdreißig Jahren zwei Personen eine Antwort zu geben, die versucht hatten, sich ein klares Bild von gewissen schwerverständlichen Vorgängen in der Seele meiner Landsleute zu machen. Auch wenn das Problem für sie dort, wo sie sich jetzt befinden, sehr weit weg und völlig nebensächlich erscheinen mag.

Es stimmt, zuallererst mußten die »Hintergründe« des Stands der Dinge erkannt und untersucht werden. Ich muß Professor Stocchi sagen, daß er in dieser Hinsicht keine Ruhe haben wird. Alle Untersuchungen über Sizilien, bis hin zu Berichten neueren Datums, haben sich niemals in das Labyrinth der Hintergründe hineingewagt, weder mit dem Faden der Ariadne noch mit Hilfe eines potenten Computers.

Deshalb haben sie sich immer darauf beschränkt, eine Landschaft zu beschreiben, die in ihren Augen zwangsläufig unentzifferbar war; mit Hochkommissariaten, Superstaatsanwaltschaften, Superrichtern haben sie versucht, diese Landschaft mit groben, ungeschliffenen Pinselstrichen zu verändern, ohne eine richtige Hand dafür zu haben und ohne die Leinwand, ohne die Zusammensetzung der Farben zu kennen. So reichte jedesmal ein Lösungsmittel aus, um die alte, intakte und vollkommen restaurierte Landschaft wieder ans Licht zu bringen.

Und was Avogadro di Casanova anbelangt – der Generalleutnant hatte sehr gut erkannt, wie eine richtige Untersuchung hätte aussehen müssen. Obendrein hatte er die Hindernisse aufgedeckt (was eine immense Leistung war), die der kulturellen Entwicklung in Sizilien im Wege standen, um es mit seinen eigenen Worten zu sagen. Doch da er eine Uniform trug und in militärischen Fragen als großer Fachmann galt (was er tatsächlich war), mußte er die Probleme von einem militärischen Gesichtspunkt aus behandeln. Er war Soldat, der sich nicht als Philosoph oder Soziologe aufspielen, sondern Lagepläne und Graphiken der Truppenstellungen schicken sollte, keine Absprachebullen.

Daß mittlerweile keine Absprachebullen mehr im Umlauf sind, kann mir nur zur Freude gereichen, auch wenn die Absprachen bleiben. Denke ich aber an die sogenannte bleierne Zeit zurück, überkommt mich eine leichte Sehnsucht nach der Absprachebulle. Diejenigen, die glaubten, den Terrorismus erfinden und ausüben zu müssen, waren zum größten Teil katholisch getauft. Stellen Sie sich vor, mit welcher Begeisterung sie die Bulle aufgenommen hätten. Um einen intelligenten Gebrauch von der Metapher zu machen, so wie der Bauer in meiner Erzählung, hätten sie sich wahrlich nicht anstrengen müssen. Die Bulle hätte uns zwar nicht die Blutspuren erspart, aber den Zirkus mit der Reue, den Lossagungen, den Gewissenskrisen, den Gewissensbissen, den *Richtigstellungen*, den christlichen Vergebungen. Alle, Mörder wie Nichtmörder, Unschuldige wie Schuldige, hätten sich eines *reinen Gewissens* erfreuen können.

Als mir die Idee zu diesem Text kam, sagte ich zu Leonardo Sciascia, daß ich etwas über die Absprachebulle schreiben wolle. Er wußte nichts darüber, kannte nur die Absprache, aber nicht deren religiöse Form. So erklärte ich ihm, um was es ging, und bat ihn um bibliographische Unterstützung (ein andermal hatte er mir mit großer Bereitwilligkeit geholfen). Ich mußte unbedingt das Original einer Absprachebulle finden, um meinem Vorhaben mehr Glaubwürdigkeit zu verleihen. Er hielt inne, blickte mich an und lächelte sein ganz spezielles Lächeln. »So ein Papier wirst du nie finden«, sagte er.

Und in der Tat, ich habe es nicht gefunden.

(1991–92)

Das vergessene Massaker

UNTER DEN BÜCHERN meines Großvaters befand sich eine Tragödie in Versform (selbstverständlich in fünf Akten), die ich als junger Bursche nicht einfach nur gelesen, sondern richtiggehend verschlungen habe. Sie hieß *La tragica storia di Issione* (*Die tragische Geschichte von Ixion*), und ihr Autor war der Cavaliere Artidoro Scibetta, ein Notar, wenn ich mich recht erinnere, in Aragona. Die Geschichte weicht keinen Schritt von dem Schema ab, nach dem seit Shakespeare Tausende Blatt Papier mit Tinte getränkt und Millionen Taschentücher mit Tränen genäßt wurden: Es ging um die boykottierte und somit zwangsläufig tragische Liebe zwischen zwei jungen Menschen. Sie hieß Ixion, war Waisenkind, ihre Eltern waren Sklaven gewesen; während er, reich und schön, den Namen des Autors trug, nämlich Artidoros (zu der Zeit und in meinem Alter war ich nicht in der Lage, eine Untersuchung über das autobiographische Element in der Tragödie anzustellen, doch da war nun mal dieser mehr als eindeutige Anhaltspunkt). An einer bestimmten Stelle beauftragt Artidoros' mächtiger Vater die beiden Meuchelmörder Antemios und Aristogiton, den Onkel von Ixion, einen älteren Mann, umzubringen, der dem Mädchen praktisch wie ein Vater gewesen war. Der junge Kerl Antemios hat zwar gerade erst die ersten Schritte auf dem Gebiet des Mordhandwerks gemacht, doch das bereits mit so großer Begeisterung, daß der erfahrene und ältere Aristogiton, der sich dem Morden gegenüber längst ein dickes Fell zugelegt hat, ihn zu dem Auftrag mitnimmt, genau wie den Laufburschen einer Werkstatt. Doch als der Onkel die beiden vor sich sieht und begreift, woher der Wind weht, ist er keineswegs bereit, sang- und klanglos aus dem Leben zu scheiden: Er schreit, wirft Hocker und Triklinien durch die Gegend, tritt um sich und zerreißt die Vorhänge. Aristogiton muß seine ganze mühsam erworbene Erfahrung aufbringen, um den Alten in eine Ecke zu drängen, ihn mit Hilfe von Antemios zu packen und ihm schließlich die Gurgel durchzuschneiden. Nach erledigtem Auftrag ist Antemios todmüde und spürt seine Beine schwer wie Blei. Er wirft sich zu Boden, wischt sich den Schweiß ab und ruft aus:

»O nein, wußt' ich's doch, beim Schweinegott!,
daß man beim Töten ins Schwitzen kommt.«

Ich aber weiß nur allzu gut, warum ich diese zwei Verse seit rund fünfzig Jahren im Kopf habe: Der erste Grund ist die Erinnerung an mein Zusammenzucken, als ich zum erstenmal las, daß die Athener zur Zeit des Perikles, in welcher das Drama spielt, dank des Cavaliere Artidoro Scibetta mit fünf Jahren Vorsprung den Namen und die Missetaten des Erzverräters kannten; der zweite ist die sich allmählich herauskristallisierende Bestätigung der Wahrheit (ein Crescendo über Jahre hinweg, nachgezeichnet anhand von Erzählungen und Abbildungen von Gewalttoden, Massakern und so aufwendig wie phantasievoll verübten Morden), die Antemios am eigenen Leibe erfahren durfte: nämlich daß Töten weder ein einfaches noch ein geruhsames Unterfangen ist.

Besonders lebhaft erinnere ich mich an einen Beweis dieser Tatsache, der jedoch, wie man so schön sagt, in den Bereich der Kunst gehört: Joseph Chaikin und Claude van Itallie zusammen mit dem Open Theater haben ihn mir Ende der sechziger Jahre geliefert. Die Vorstellung mit dem Namen *The Serpent* lehnte sich an die Genesis an und erzählte die Geschichte der Mißgeschicke, die dem Menschen widerfuhren, weil er der Schlange vertraut hat: Es war deshalb nicht nur unvermeidlich, sondern auch notwendig, daß der Augenblick kam, da Kain seinen Bruder Abel tötet. In der Aufführung von Chaikin bewies Kain zwar die besten Absichten, Abel umzubringen, aber im Grunde genommen wußte er nicht, wie er das anstellen sollte: Er versuchte es damit, ihm den Arm zu brechen, doch Abel stand einfach nur verdutzt da, und sein Arm hing merkwürdig an ihm herunter (man bedenke, Kain verstand sich nicht aufs Töten, Abel sich jedoch auch nicht aufs Sterben); dann brach er Abel ein Bein, und der fiel auch tatsächlich hin, begann aber, am Boden entlangzukriechen. Schließlich brach er ihm den anderen Arm und das andere Bein, doch Abel war immer noch am Leben, auch dann noch, als ihm ein Auge fehlte und er alle Zähne ausgespuckt hatte. Die Erfindung des Mords war für Kain eine langwierige und mühselige Angelegenheit, bei der Kraft und Verstand gleichermaßen gefordert waren: Als er endlich naßgeschwitzt und schwer atmend am Ziel war, fiel er – genau wie Antemios – wie tot – toter als Abel, der endlich tot war – zu Boden.

Gewiß hat der wissenschaftliche Fortschritt die Dinge stark vereinfacht; aus der Entfernung auf jemanden zu schießen, ist sehr viel bequemer geworden – auch hinsichtlich des Zeitaufwands –, als ihn mit einem Messer oder noch schlimmer mit mehr oder weniger bloßen Händen umzubringen.

Die Dinge werden wiederum kompliziert, wenn es darum geht, die Ermordung Tausender von Personen zu organisieren, auch wenn dafür die sogenannte Fortschrittstechnologie zur Verfügung steht. Die Fachleute auf diesem Gebiet haben uns im Verlauf von Geständnissen und Zeugenaussagen erzählt, daß als allererstes die Zeit zu berechnen sei (einen Mann in Handschellen zu zwingen, sich niederzuknien und den Kopf für den erforderlichen Pistolenschuß entsprechend zu neigen, verlangt ungefähr drei kostbare Minuten; greift jedoch noch ein Priester oder ein anderer Seelentröster ein, verdreifacht sich die Zeit), dann das genaue Zahlenverhältnis zwischen Exekutor und zu Exekutierendem (oder zu Ermordendem, je nachdem, wie man die Sache sieht). Anschließend müsse neben zahlreichen weiteren Einzelheiten die Menge der Fahrzeuge zum Abtransport der Leichen bestimmt werden, außerdem die Art und Weise ihrer Beseitigung (mit Benzin verbrennen, mit Bulldozern in den Boden stampfen u. a.).

Aus diesem Grund brauchte der Hauptverantwortliche der »Endlösung«, der Obersturmbannführer Adolf Eichmann, bei seinem Prozeß eine

Spur von Stolz in der Stimme nicht zu verbergen und zwar zu Recht: Er hatte im großen Stil, auf Millionenebene gearbeitet, ohne einen Fehler zu begehen oder begehen zu lassen, sei es unter logistisch-organisatorischen, sei es unter menschlichen Gesichtspunkten. Er gestand jedoch, daß er bei der wissenschaftlichen Planung der Vernichtung von sechs Millionen Personen wahrhaft ins »Schwitzen« gekommen sei.

Für seinen sehr viel bescheideneren Teil mußte der Hauptmann Sarzana kaum schwitzen, um in der Nacht vom 25. auf den 26. Januar 1848 die einhundertvierzehn Personen auf einen Schlag und mit sozusagen »hausbackenen Mitteln« umzubringen.

Im Dezember des Jahres 1847 erhält Gaetano Attard, der zum stellvertretenden Bürgermeister in der Außenstelle der Gemeindeverwaltung von Girgenti, Borgata Molo, ernannt worden war, vom Gerichtsvorsitzenden des Provinzgerichts, Giovanni Mendola, das Register der Sterbeurkunden für das Jahr 1848 (mit derselben Sendung werden ihm auch die Geburtsurkunden zugesandt, doch hier sollen leider keine Geschichten über Geburten erzählt werden). Da nun im Dezember 1847 das denkwürdige Jahr 1848 nicht nur für die Einwohner der Borgata noch ganz und gar gelebt und durchgestanden werden muß, könnte leicht der falsche Eindruck entstehen, daß sowohl Gaetano Attard – der den Antrag auf Beglaubigung von fünfzig Formblättern für den Eintrag von hundert Toten, einen pro Blattseite, gestellt hat – als auch Giovanni Mendola – der diese hundert Blattseiten fein säuberlich abgestempelt und versiegelt hat – über beunruhigend hellseherische Fähigkeiten verfügten – dieselben, die laut Guglielmo di Figueira den Stauferkaiser Friedrich II. in die Lage versetzten, »vorher das zu wissen, was hinterher geschah«. Die Wahrsagerei (zu verstehen jedoch als »Ratespiel«) ist die Übung, zu der in Italien sowohl der Magistrat als auch der mehr oder weniger staatliche Beamte neigen, doch in unserem Fall muß zwangsläufig gesagt werden, daß die zwei nichts anderes taten, als mit Kalkül der Macht der Gewohnheit und der Erfahrung zu folgen. Für den Fall außerordentlicher (doch dann auch wieder nicht so außerordentlicher) Vorkommnisse wie Naturkatastrophen, Verheerungen oder Epidemien hatte man für das Einfügen von Zusatzseiten an eine leicht herauslösbare Registerbindung gedacht.

Auf den ersten Blick und mit der irritierenden Überheblichkeit der Nachfahren, die im Gegensatz zu Friedrich II. den Vorteil haben, erst nachher zu erfahren, was zuvor geschehen ist, ließe sich behaupten, daß Gaetano Attard gewaltig danebengehauen hat, zählten doch die Toten in Borgata Molo im Jahr 1848 genau zweihundertneunzehn. Doch sieht man genauer hin, kommt einem der Fehler nicht mehr ganz so groß vor, und wenn man ganz genau hinschaut, lag überhaupt kein Fehler vor. Im Gegenteil. Wie von Attard vorhergesehen, waren es hundert Tote, keiner mehr und keiner weniger (darunter fünfunddreißig Kleinkinder, die das erste Lebensjahr nicht überlebten, und einunddreißig weitere Knaben und Mädchen unter zehn Jahren – eine Feststellung, die einem den kalten

Schweiß den Rücken herunterlaufen läßt). Zu den hundert, unter denen sich also nur vierunddreißig Erwachsene befanden, kamen noch fünf auswärtige Tote hinzu: Drei waren an bösartigen Pocken auf vor Anker liegenden oder vorbeiziehenden Schiffen verstorben; die anderen zwei waren mit Schnittwaffen getötet in der Umgebung von Borgata Molo aufgefunden und nie identifiziert worden.

Zum Total von zweihundertneunzehn fehlen also einhundertvierzehn: Und eben um die hat sich der Hauptmann Sarzana gekümmert.

Nicht immer trug Borgata Molo diesen Namen. Als Agrigent zu Zeiten der Griechen als Akragas oder als Agrigentum unter den Römern bekannt war, war die Borgata vielleicht der letzte und unauffälligste einer dichten Kette von Handelsplätzen, die sich ab dem Ortsviertel San Leone der Küste entlang aneinanderreihten. Die Stadt wurde gefeiert; Dichter, Historiker, Geographen, von Pindar bis Polybius, von Cicero bis Diodor, waren entzückt über die Pracht der Bauwerke und den Lebensstil der Bewohner. Ein gewisser Gellias beispielsweise schickte seine Bediensteten zur Wache vor die Stadttore: Jeder Auswärtige, der ankam, wurde von ihnen eingeladen, auf Kosten des Gastgebers zu speisen und zu ruhen. Eines Tages standen mit einem Schlag fünfhundert Reiter vor dem Tor. Gellias behielt einen kühlen Kopf und richtete ein Bankett aus, an das sich selbst zukünftige Pferdegenerationen dank ihres genetischen Gedächtnisses noch erinnerten. Diodor berichtet, als der Agrigentiner Exenetus die Olympischen Spiele gewann, fuhren ihm dreihundert von Schimmeln gezogene Vierspänner entgegen. Ganz beiläufig bemerkt: Die Kutschen waren aus Elfenbein, »denn, wie wir wissen, gab es Hunderte von der Art in Agrigent«. Aus Gründen, auf die wir im folgenden noch eingehen, werden wir von allen Tempeln in Agrigent nur den des Zeus erwähnen, der laut Polybius aufgrund seiner »Großartigkeit« und seiner »Weiträumigkeit« in nichts den Werken aus Griechenland nachstand. Doch nachdem die Karthager sie in die Knie gezwungen hatten und die Araber eintrafen, zog sich die Stadt, aus der nun Gergent (was zu dem italienischen Namen Girgenti führte) geworden war, auf die Spitze des Hügels in ihrem Rücken zurück und verlegte den Mittelpunkt ihres Seehandels in die Gegend, aus der dann Borgata Molo wurde. Ungefähr 1150 schrieb der muslimische Geograph Idrisi an König Roger, daß »sich hier Schiffe versammelten«: ein Zeichen für einen florierenden Handel, wenngleich die »herausragende Macht« (und das sind Idrisis Worte) Girgents ein wenig gesunken war. In der zweiten Hälfte des fünfzehnten Jahrhunderts trug der Vorort noch keinen Namen, sondern diente lediglich als Sammellager von Girgenti, an dem der Weizen aus dem Hinterland zusammengetragen und auf den Handelsweg gebracht wurde. In einer Urkunde aus jener Zeit wird der Hafen als »der beste und bedeutendste des gesamten Königreichs« bezeichnet. Der beste, das ja, aber, wie man heute sagen würde, mit einem schweren Handicap behaftet: Seiner besonderen geographischen Lage wegen war er Ziel blitzschneller wiewohl verheerender Raubüberfälle; die Seeräuber versteckten sich gewöhnlich hinter einem steil aus dem Meer aufragenden Mergelhügel, der eine Art kleines Vorgebirge bildete und »Türkentreppe« genannt wurde; von dort aus waren sie bei günstigem Wind in der Lage, im Handumdrehen einzufallen und die Waren an sich zu reißen. Um Abhilfe zu schaffen, ließ Juan Vega, Vizekönig unter Kaiser Karl V., im Jahr 1554 eine mächtige Felsburg errichten, »mächtig, was Bauwerk als auch die Kriegsmaschinerie anging«, wie Camillo Camilliani in seiner *Descrizione della Sicilia* (*Beschreibung Siziliens*) im Jahr 1584 notierte. Auf einem französischen Kupferstich aus dem achtzehnten Jahrhundert sehen wir direkt auf dem Strand hier und da einige Häuser, ein riesiges Zelt, einige Lagerhallen (gemauert oder unter der Erde), Fässer und Tonnen, kreuz und quer verstreut, ein Segelschiff, ein Fischerboot, ein Gerüst mit Fischernetzen und den Umriß des großen, finsteren Turms inmitten der Meeresfluten, der durch eine gemauerte Brücke mit dem Strand verbunden war. Obgleich der Künstler sich ersichtliche Mühe gegeben hat, die Bildkomposition durch menschliche, von leichter Hand gezeichnete Gestalten, die meisten davon in Bewegung, aufzulockern (es gibt sogar einige, die auf dem Podest Musik machen, und andere, die dort tanzen), wirkt die Landschaft nicht besonders anziehend, sondern drückt Chaos und Zerstörung aus. Im Jahr 1748 genehmigte Karl III. aus dem Hause Bourbon nicht um der landschaftlichen Gestaltung, sondern um eines blühenden Handels willen den Bau einer Hafenmole. Und da hatte der Bischof Gioeni den netten Einfall, das Baumaterial für die Mole von den zyklopischen Ruinen des Zeus-Tempels zu nehmen (über den Polybius berichtet), und erreichte damit – wie ein deutscher Spaßvogel schrieb – ein zweifaches Resultat: Die Hafenanlage wurde gebaut, und die Krebse und Meerschnecken wurden in Archäologie unterwiesen. Als das Werk der Verschandelung vollbracht war, wurde das Dorf, das bereits im achtzehnten Jahrhundert »Marina di Girgenti« hieß, in den öffentlichen Unterlagen »Borgata Molo« genannt: Die Einwohner von Borgata jedoch (ein Völkergemisch aus Neapolitanern, Salernitanern sowie Leuten aus Licata und von der Insel Malta) hegten seit eh und je eine abgrundtiefe Abneigung gegen die Leute aus Girgenti, und die wollten sich dafür revanchieren, indem sie das Dorf weiterhin »den Unterort Molo« nannten, und wer wollte, begriff den versteckten Hohn in jenem »Unter«. Den Einwohnern der Borgata blieb nichts anderes übrig, als die Sache zu schlucken, denn der Begriff »Unterort« war sowohl in administrativer als auch in geographischer Hinsicht – aufgrund der Höhenlage – einwandfrei. Und selbst als Borgata 1853 dank der gnädigen Erlaubnis von Ferdinand II. ausgemeindet wurde und somit eine eigene Gemeindeverwaltung erhielt, hatten die Girgentiner gut lachen. Aus Dankbarkeit dem Herrscher gegenüber hätten die Leute der Borgata ihren Ort gerne »Città Ferdinanda« – Ferdinand-Stadt – genannt, doch wie man sich erzählt, spannen die Girgentiner solche Intrigen, daß die neu entstandene Gemeinde fortan »Molo di Girgenti« hieß. Unter diesen Umständen ist es schwer zu sagen, wieviel sich von der anschließenden Begeisterung für das Risorgimento von seiten der Einwohner des Molo ihrem Vaterlandsgeist verdankt und wieviel der unterschwelligen Überzeugung, daß sie, würde der Spieß umgedreht, endlich die Gelegenheit hätten, sich der Oberherrschaft der verhaßten Provinzhauptstadt zu entziehen. Tatsache ist, daß es mit der Einheit »gelang, die Wundmale auszuwischen, die über lange Jahre in der Seele getragen worden waren«, wie ein Ortshistoriker aufjubelte, der keinen Zweifel ließ und auch nicht lassen wollte, wem jene Stigmata, Messerstichen sehr ähnlich, beizubringen wären. Mit dem königlichen Erlaß vom 4. Januar 1863 verschwand der Name »Molo di Girgenti« endgültig und wurde durch »Porto Empedocle« ersetzt, so genannt zu Ehren eines Philosophen, der aber leider aus Girgenti gebürtig war.

Doch den schlimmsten Messerhieb sollten die Bewohner von Girgenti – ohne es zu wissen – denen aus Empedocle im Jahr 1867 beibringen. Am 18. Juni jenes Jahres beschließt die schwangere Caterina Ricci-Gramitto aufgrund einer leichten Cholerawelle (oder einer anderen Epidemie, die Auswahl war seinerzeit nicht gerade klein) vorübergehend von Porto Empedocle in ihr Landhaus in Caos auf dem Territorium von Girgenti überzusiedeln. Dort erblickt zehn Tage später Luigi Pirandello das Licht der Welt, der damit den Bewohnern von Empedocle sprichwörtlich entwendet worden war.

»… diese vier Häuschen auf dem Strand, an deren Mauern bei Schirokko die wütenden Brecher zerschellten … diese kleine Mole, die heute Molo Vecchio heißt, und jener hohe, finstere, eckige Turm, der vielleicht seinerzeit als Garnison von den

Aragoniern gebaut worden war und wo man die Kerkersträflinge für die Zwangsarbeit hielt: die einzigen Ehrenmänner des Ortes, die Ärmsten!« Zum Trost für die aus Empedocle liegt in diesen Worten Pirandellos eine Art »Vaterschaftsanerkennung« so indirekt wie unbewußt, wenn man den Worten Glauben schenkt, daß in den Augen eines jeden Künstlers kein Ort der Welt so verwildert erscheint wie der eigene Geburtsort.

»Hoch, finster, eckig« – in Wirklichkeit ist der Turm ein kleines, massives Festungsschloß, das grobschlächtig für die gedachten Zwecke ausgestattet war: Keinem kam es auch nur im entferntesten in den Sinn, daß durch die Anwesenheit irgendeiner Schloßherrin der Ort weniger düster wirken könnte. Um das Maß vollzumachen, muß hinzugefügt werden, daß der Wachturm anfangs mitten im Wasser stand und mit dem Strand nur durch eine Zugbrücke (später dann aus Mauerwerk) verbunden war. Nachdem der Turm unter den Bourbonen zum Zwangsarbeitslager und nach der Schaffung des Einheitsstaats zum Gefängnis geworden war, wechselte er trotz politischer Veränderungen nicht seinen Bestimmungszweck, diente er doch nach wie vor der Verteidigung, wenn auch nicht gegen äußere, sondern gegen innere Feinde oder diejenigen, die jeweils als solche angesehen wurden. Nur die Aufteilung der Räume, der Treppen und der Durchgänge wurde leicht verändert. Am Ende, als der Turm vom Kerker kurz vor Beginn des letzten Krieges zum Sitz des Marinekommandos geworden war – dieses Mal mit einer wahren Umkehrung der Räumlichkeiten –, übernahm er einfach wieder seine ursprüngliche Funktion, und das tat er so gut, daß die Bomben und Kanonenschüsse nur knapp den Verputz der Ringmauern ankratzten (was in Anbetracht der Erdrutsche und Mehrfamilienhäuser neuerer Zeit, die aus Papier zu sein scheinen, nicht zuletzt der Ehrlichkeit des Architekten anzurechnen ist, der ihn im Jahre sechzehnhundert erbaut hatte). Heute, da in seinen Räumen die Stadtbibliothek untergebracht ist, ein Filmklub und ein Kulturzirkel Platz gefunden haben und doch nur ein kleiner Teil der vorhandenen Fläche genutzt ist, scheint der Turm mit seiner feuchten, abgestandenen Luft, dem schwachen Licht und den scharfkantigen Wänden die unpassende Nutzung wieder greifbar zu machen und ständig den Verrat zu unterstreichen, der sich zum Schaden seiner eigentlichen Bestimmung abspielt.

»Er besitzt die Form einer abgeschnittenen Pyramide«, schrieb 1926 Professor Baldassare Marullo, Bürgermeister und Stadtschreiber von Porto Empedocle, »obwohl im letzten Abschnitt, vom Gesims aufwärts, die Mauern erneut in der Senkrechten verlaufen und oben eine großflächige Terrasse einfassen, von wo aus dem Auge des Beobachters nichts vom ganzen Küstengestade des Hafenbusens verborgen bleibt. Die scharfen Konturen, die starre, einförmige Linienführung verleihen ihm inmitten von soviel Leben, das bei Tag um ihn herumquirlt, ein wenig heiteres, ja beinahe bedrohliches Aussehen. In den Fundamenten des Turms waren breite Gräben, die als Lebensmitteldepots dienten und nach 1860 völlig verschwanden. Es befindet sich dort noch immer eine große Zisterne, in die das Regenwasser abfließt, das sich im Gebäude sammelt, und das in der Vergangenheit oft den Durst der Bevölkerung zu löschen half. In den oberen Stockwerken liegen weitläufige, doch niedrige und dunkle Zimmer, deren einzige Lichtquelle die winzigen Fenster sind, die obendrein in sechs Meter dicke Wände eingelassen sind. Besonderes Merkmal ist ein riesiger, gemauerter Zylinder, von dem im Innern eine Treppe abgeht, die den ersten Stock mit der Terrasse verbindet, durch die das Gebäude nach oben hin abgeschlossen ist. Wozu diese Innentreppe ohne jede Verbindung mit irgendeinem der Zimmer diente, konnte ich nicht herausfinden, doch alles weist darauf hin, daß sie dort angebracht worden war, um in Gefahrensituationen die lebenslänglich Inhaftierten separat aus der Garnison zu entfernen.«

Man begreift nicht – das sei vorausgeschickt –, wieso der Turm ein anderes als ein »wenig heiteres« Aussehen hätte haben sollen, war er doch im Verlauf vieler Jahre stets klatschnaß oder zumindest stark feucht gewesen; und wenn die »große Zisterne«, die beim Einzug des Marinekommandos mit Erde angefüllt wurde, heute, da noch schlimmerer Wassermangel herrscht als zu Zeiten Karls V., von größtem Nutzen wäre, muß gesagt sein, daß man die Gräben, die »als Lebensmitteldepots dienten und die nach 1860 völlig verschwanden«, auch 1848, also in der uns interessierenden Zeit, ganz und gar nicht hatte verschwinden lassen. Im Gegenteil, nachdem die Trennwände zwischen den einzelnen Gräben abgerissen worden waren, hatte sich ein großer, »gemeiner« Graben gebildet, der zum idealen Ort für die Unterbringung eines Großteils der Lebenslänglichen wurde; er lag praktisch unter dem Meeresspiegel, und der einzige Einlaß bestand aus einer weiträumigen Öffnung auf Bodenhöhe, die wiederum von einem großen Eisengitter in der Waagrechten nach unten hin verschlossen war. Was den gemauerten Zylinder angeht, dessen Zweck Marullo sich nicht zu erklären weiß, muß man einen Augenblick überlegen, denn zusammen mit dem darunter liegenden Graben ist er von grundlegender Bedeutung für unsere Geschichte.

David Macaulay hat die Ereignisse bei den Bauarbeiten eines imaginären walisischen Schlosses zwischen 1277 und 1305 erzählt und sich dazu aller ihm bekannter Kenntnisse über die Militärarchitektur in Europa bedient; von ihm wissen wir, daß die kleineren Aussichtstürme, die seitlich von den massiveren Türmen und höher als dieselben aufragten, zugleich Luftkammern waren. Der von Juan Vega errichtete Turmbau besaß keine Aussichtstürme: Deshalb diente der zylindrische Zentralkörper nicht nur als Vorraum für die Garnison, sondern auch als Luftkammer; tatsächlich bildete die Innentreppe, die ganz eng an der Wand verlief, einen weiteren, völlig freien und kleineren Zylinder. Dieser endete geradewegs über den Gräben, so daß die Lebensmittel, die darin lagerten, mit einem Mindestmaß an Sauerstoff versorgt waren. Sowohl von der Terrasse als auch vom Erdgeschoß aus konnte der Zylinder mit zwei schweren runden Eisendeckeln verschlossen werden: Geschah das, war nicht nur die Treppe völlig isoliert, sondern auch der Graben luftdicht verriegelt.

Apropos Winde und Lüfte, »der einzige Kunsthauch«, schreibt Marullo, »sind die kaiserlich-spanischen Insignien, die sehr gut erhalten sind, und ein wirklich schönes Wappen mit einem Windhund darauf, der einen prächtigen Schild in den Pfoten hält; dort in der Mitte sind drei Reihen Türme nebeneinander auf ein breites Riff gesetzt. Auf dem Helmschmuck des Hundes steht das Motto: *Malo mori quam foedari.*«

»Besser sterben, als entehrt zu werden«, ein schönes Motto, das die Sizilianer oft fälschlich mit »besser übel zugrunde gehen als den Mund aufmachen« übersetzen, was in unserer Gegend heißt, Öl aufs Feuer zu gießen.

1840 veröffentlicht Carlo Ilarione Petitti di Roreto eine gewichtige Abhandlung mit dem Titel *Della condizione attuale delle carceri e dei mezzi per migliorarla* (*Über die aktuelle Situation in den Gefängnissen und die Mittel, dieselbe zu verbessern*). Darin untersucht er bis in die kleinsten Einzelheiten die unterschiedlichen zur damaligen Zeit gängigen Haftsysteme und die jeweiligen Theorien zur Bestrafung der Häftlinge. Eine dieser Methoden sah beispielsweise das Gemeinschaftsleben der Häftlinge sowie die ständige Verabreichung von Strafen vor; eine andere, die pennsylvanische Methode, vertrat hingegen die Totalisolation des Straftäters bei Tag und bei Nacht; eine dritte, die auburnsche genannt, verlangte die auf die Nachtstunden beschränkte Isolation und tagsüber Gemeinschaftsarbeit, gekoppelt jedoch mit Redeverbot, und so geht es weiter in diesem Stil. *Zara bazàra* (eine unübersetzbare Redewendung, die soviel bedeutet wie »du kannst es drehen und wenden, wie du willst, es ist immer die gleiche Scheiße«); hinter all diesen Theorien (die sich stets änderten, wie es in der harten Wirklichkeit eigentlich nicht der Fall ist) steckte die unverrückbare Überzeugung, das Verbrechertum sei unausrottbar, da der Verbrecher so etwas wie eine Naturkatastrophe, eine Überschwemmung oder ein Erdbeben, ein anormales Element im Korpus der Gesellschaft, ein Giftpilz in einem ansonsten kerngesunden Erdboden ist. Zum Zeitpunkt des Erscheinens von Carlo Ilarione Petittis Abhandlung ist Cesare Lombroso gerade mal fünf Jahre alt und von daher noch nicht in der Lage, seinen Beruf auszuüben. Die glückliche Begegnung mit der Hinterkopfrundung des Briganten Vilella brachte ihn Jahre später zu der Überzeugung, daß sich anhand der Anzahl der Brusthaare erkennen ließ, ob ein Individuum zum Verbrechertum prädestiniert war. Als wollte man sagen: Es ist eben Schicksal.

Ich habe einige Zeilen zuvor den Begriff »Giftpilz« gebraucht, doch der Vergleich ist unpassend. Denn bis auf weiteres verhält es sich so, daß der Giftpilz tötet oder es zumindest beabsichtigt, aber er stiehlt nicht. Ein echter Delinquent ist jedoch derjenige, der es auf fremden Besitz abgesehen hat, das behaupten sämtliche Strafkodexe, auch der, der bis 1889 in Kraft war. Auf Diebstahl mit nur einem erschwerenden Umstand stand nämlich eine Strafe von drei bis zehn Jahren, für schwere, aber nicht lebensgefährliche Körperverletzung war eine Haftstrafe von einem Monat bis zwei Jahren vorgesehen. Für Eigentumsdelikte aber, die beim Täter einen gewissen Bildungsgrad voraussetzten, war die Strafe lächerlich: Was die gesellschaftliche Klasse betraf, stand diese Art von Dieb dem, der die Strafgesetze erlassen hatte, weitaus näher als der analphabetische Kartoffeldieb.

»In Wirklichkeit«, schreibt Guido Neppi Modona in *Carcere e società civile* (*Zuchthaus und Zivilgesellschaft*), »interessiert sich niemand für die Gefangenen, sie stellen im Gegenteil für die machthabende Klasse eine Gefahr dar ... Es darf also nicht verwundern, daß die Strafvollzugspolitik in Wirklichkeit darauf abzielt, die Gefangenenbevölkerung aus der Gesellschaft zu verstoßen, sie kaltzustellen und so zu halten, daß sie so lange wie möglich keinen Schaden anrichten kann, um sie dann geschwächt zu entlassen.«

Man stelle sich vor, was für ein Luxus, wenn, wie im Fall der lebenslänglichen Haft, die Gefangenenbevölkerung gar nicht mehr entlassen werden mußte! Sie kleinzukriegen und zu willenlosen Arbeitsrobotern zu machen, dafür sorgte man sicherheitshalber sofort: Für die ersten sieben Jahre lebenslänglich waren Zellenhaft und Zwangsarbeit vorgesehen. Und hier gab es zwei Möglichkeiten: Entweder war der Gefangene nach einigen Jahren der Totalisolation davon überzeugt, eine Maus oder sonst was zu sein, gab darum Arbeit und Verstand auf und beschränkte sich aufs Piepsen, oder er klammerte sich, um nicht wahnsinnig zu werden, an die Arbeit und wurde beinahe wie ein Besessener (das »beinahe« kann man auch weglassen), ein Meister auf seinem Fachgebiet. All das war nur zum Vorteil des Gefangenenpächters, der ein hochwertiges Erzeugnis zu einem niedrigeren Preis als dem auf dem Markt üblichen verkaufen konnte. Wenn der Häftling die ersten Jahre in Isolation überlebte, wurde er für die Folgezeit – ein netter, heuchlerischer Euphemismus für bis zum Tode – zur Gemeinschaftsarbeit, allerdings mit Redeverbot zugelassen.

(Endlich hatte ich das richtige Alter erreicht und konnte zwei kleine Tempel, den der Eintracht und den von Castor und Pollux, zerstören, die seit Urzeiten in einem Fach des Schreibtischs meines Großvaters standen. Der eine war aus Brotkrume und der andere aus kleinen Muscheln gemacht: Schon als kleiner Junge hatte ich insgeheim gewußt, daß sie von Lebenslänglichen gebastelt worden waren. Von Anfang an widerten sie mich an, erschreckten mich. Es war keine Frage des Geschmacks, ich war ja noch nicht im Alter der Reife. Unter den Sachen, die bei mir eine Art schreiendes und zitterndes Unbehagen auszulösen imstande waren, nahmen jene den dritten Platz ein – auf dem ersten stand der Klappzylinder meines Vaters und dann kam irgendein Regenschirm –, doch mit einem Extra: Ich empfand sie als »glitschig und feucht«, wie ich jemandem von meiner Familie zu erklären versuchte, der von mir Rechenschaft verlangte. Es ist dasselbe Gefühl von glitschig und feucht, das mich heute als beinahe alter Mann noch überkommt, wenn ich ein Kuvert mit Zeichnungen erhalte, die unglückliche Menschen ohne Arme mit dem Mund oder den Füßen gemalt haben. Mit einem Schlag war da wieder dieselbe Verlegenheit, dasselbe Zittern.)

»Wie kalt ist doch diese Zelle, wie eine Höhle / worin das Wasser von allen Wänden rinnt«; oder: »Ruchloser du, der du diese Drecklöcher gebaut hast / alle in Höllenfinsternis wie die Verdammten«; und weiter: »Wie ein Hanfseil werd' ich im Wasser weich« und so fort; es gibt also im achtzehnten Jahrhundert keinen einzigen Kerkergesang von unbekannten Autoren (ich zitiere sie hier nach dem Buch von Antonino Uccello, *Carcere e mafia nei canti popolari siciliani* (*Kerker und Mafia in den sizilianischen Volksliedern*), in dem nicht über die Feuchtigkeit geschimpft wird, in der der Häftling dahinsiechen muß. In vielen Gefängnissen, wie dem auf der Insel Favignana, in der Torre della Marina, in der Cittadella von Messina, befand sich der Großteil der Zellen und Sammelräume sogar ziemlich weit unterhalb des Meeresspiegels. Die Lebenslänglichen der Torre (ungefähr zweihundert an der Zahl) kamen im Gegensatz zu den anderen Sträflingen in den Genuß, sich im Laufe des Tages die Knochen trocknen zu dürfen, denn am frühen Morgen wurden sie aus dem Gefängnis geführt und in Mannschaften eingeteilt. Nach der Messe vor einer kleinen Kirche mit nicht sehr tiefem Kirchenschiff, aber großem Portal, durch das alle den Offizianten sehen konnten, machte sich jede Gruppe an die Arbeit (der Kirchplatz hieß sinnvollerweise »Platz der Seufzer«, woran man sieht, daß von Venedig bis Borgata Molo der Seufzer des Gefangenen gleichermaßen die Luft durchschneidet, sei er auf einem Platz ausgestoßen oder auf einer Brücke): Sie gingen zum Hafen, um Waren ein- und auszuladen, viel öfter aber mußten sie Trockenlegungsarbeiten verrichten; die anderen gingen auf die Felder, wo sie die anfallenden Arbeiten der Jahreszeit machten; die nächsten in die Steingrube, oder sie arbeiteten in der Stadt bei der Straßenreinigung und -instandhaltung. Der Großteil von ihnen, der aus Handwerkern, Schneidern, Schuhmachern, Schreinern, Schmieden, Graveuren bestand, wurde zum »Rechen« gebracht, einer riesigen Fabrikhalle, von deren Mauern in regelmäßigen Abständen große Eisenringe abstanden. Die Häftlinge wurden fest an diese Ringe gekettet, das Tor des »Rechens« ging auf, und die Leute vom Ort durften eintreten; mit Hilfe der Aufseher (die Gefangenen mußten ja das Schweigegebot einhalten) bedienten sie sich der Arbeitskraft dieser Handwerker zu absolut konkurrenzfähigen Preisen. Sämtliche Arbeiten der Zwangsarbeiter wurden wie gesagt öffentlich vergeben, und der Pächter konnte sich den Luxus leisten, die Preise niedrig zu halten und trotzdem reich zu werden.

Die Bezeichnung *»rastiglio«* (= Rechen) kommt von dem italienischen Wort *rastrello,* auf spanisch *rastrillo,* und bezeichnet in beiden Sprachen zum einen das Gartenwerkzeug Rechen, zum anderen das mehrspitzige Eisengitter, mit dem einst Festungen und Stadteingänge verriegelt wurden. Doch ich möchte daran erinnern, daß der sizilianische Ausdruck auch das Stroh der Futterkrippe meint, an der entlang das Vieh aufgereiht und festgebunden wird. Ich weiß nicht warum, doch klingt die zweite Auslegung in meinen Ohren wesentlich passender.

Die Lebenslänglichen verloren bei ihrer Einlieferung ins Torre-Gefängnis jeglichen Titel oder Grad, den sie sich zuvor in ihrem Beruf angeeignet hatten (im Register steht tatsächlich in der Spalte »Beruf« einfach nur »Strafsklave«); im Gegenzug zu ihrer Ausbeutung erlangten sie ihre speziellen Qualifikationen wieder, sobald sie einen Fuß aus dem Arbeitslager setzten (und sei der auch in Ketten gelegt). Ohne es zu ahnen (hätte er es geahnt, wäre er zutiefst erschrocken gewesen), gelangte Professor Marullo beim Gedanken an einen Schulmeister, »der viele unserer alten Leute im Rechnen und im Schreiben und Lesen unterrichtete«, zu denselben Schlußfolgerungen wie Engels in Sachen Sklaverei und Blütezeit der griechischen Kultur, nämlich daß Borgata Molo aus der Anwesenheit der Zwangsarbeiter auch auf kulturellem Gebiet große Vorteile zog. Viele von ihnen fanden im Lauf der Jahre in Borgata Molo eine Art Zuhause, denn oft waren ihre Familienangehörigen aus ihren Heimatorten hergekommen und hatten Unterkunft und verständnisvolle Aufnahme gefunden. Ihre Anverwandten täglich zu Gesicht zu bekommen, verschaffte den Eingekerkerten Trost. Trost verschafften sich in zahlreichen Fällen auch die Gefangenenaufseher indem so mancher von ihnen eine Frau aus dem Dorf zur Gefährtin nahm. Das Zusammenleben zwischen den Familien der Gefangenen und denen der Aufseher verlief stets ohne schwerwiegende Zusammenstöße. Die, die es dennoch gab, geschahen nicht aufgrund der unterschiedlichen Rollenverteilung innerhalb des Lagers. Der Volksmund erzählt vielmehr, daß es zwischen den Mitgliedern beider Seiten einige glückliche Ehen gegeben habe. Am Abend wurden die Sträflinge in die Torre gebracht, und glücklich durften sich die schätzen, die in den wenigen Zellen in der Höhe angekettet wurden. Die Unglückseligsten von ihnen aber wurden in den großen Graben gesteckt, dessen Wände Meerwasser schwitzten.

(Ich habe mich vor einem Jahr in die sogenannte Zelle eines sogenannten Glückspilzes begeben. Es handelte sich um einen Höhlengang von drei Meter Länge, der im ersten Abschnitt, in der Nähe der Tür, kaum mehr als einen Meter zwanzig hoch war, so daß man fast hineinkriechen mußte; der zweite Abschnitt dann war die eigentliche Zelle, nicht höher als eins sechzig und knapp zweieinhalb Meter lang; die Wände waren ohne Verputz und grob aus der Ringmauer gegraben; außerdem gab es einen dicken Kettenring und ein kleines Fenster auf Bodenhöhe mit doppeltem Eisengitter davor. An solchen Höhlen – die Baue von Hasen und Stachelschweinen sind meines Erachtens komfortabler – sind die schönen Worte der bourbonischen Gefängnisreform Ende der fünfziger Jahre nutzlos zerschellt; ebenso die der Reform des italienischen Einheitsstaates von 1891 – dessen parlamentarische Arbeit übrigens zum Trost der Gefängnisinsassen zwanzig Jahre zuvor begonnen hatte –, die der zwei Reformrundschreiben unter Giolitti aus den Jahren 1902 und 1903, die des Zusatzrundschreibens für eine Reform aus dem Jahr 1907, die der »modernen« Reform von 1921–22; die der faschistischen Reform von 1931 und die des heiligen Schwachsinns, der sich auch »Reglement der Gefängnisarbeit« von 1932 nennt. Es war und ist eine Höhle geblieben. Ich war erst wenige Sekunden drin, als mir schon die Luft ausging bei dem Gedanken, daß ein gewöhnlicher Häftling Tag und Nacht dort eingeschlossen blieb, ohne das Privileg zu haben – wie man so schön sagt –, als Lebenslänglicher jeden Morgen am »Rechen« angekettet zu werden.

»Zumindest konnte er von hier aus das Meer sehen«, sagte ich zu den zwei Freunden, die mich begleiteten, und versuchte mir zugleich Mut zuzusprechen. Pepé Fiorentino, einer der beiden, warf mir einen kurzen Blick zu und sagte: »Du vergißt, daß damals Löwenmaul an den Fenstern wuchs, das sie jetzt weggemacht haben.«

»Im Höchstfall«, fügte Fofò Gaglio hinzu, »konnte er, wenn er sich auf den Bauch legte und das Gesicht gegen das Gitter preßte, einen Himmelsstreifen sehen.«

Auf der Erde lag das, was die Mäuse von einem Strohsack, einem Schuh und einer Art Uniformjacke übriggelassen hatten. Wunderbarerweise gab es jedoch noch rund zehn guterhaltene Schreibhefte mit den typischen Einbänden der dreißiger Jahre. Im ersten, das ich zur Hand nahm, standen Wörter wie Mama, Papa, Sohn, Rosina; im zweiten hingegen waren Striche, Vokale und Konsonanten mit unsicherer Hand gekritzelt – offensichtlich waren mir die Hefte nicht in chronologischer Reihenfolge zwischen die Finger gekommen. Im dritten Heft, das ich öffnete, hatte der Häftling richtig mit dem Schreiben begonnen. Auf der ersten Seite prangte in Druckschrift der Satz: »Das Leben ist schön.« Ich schaffte es nicht weiterzulesen, obwohl es in der Höhle keineswegs dunkler geworden war.)

Am 9. Januar 1848 wurden die Stadtmauern Palermos mit einem Aufruf beklebt, der folgenden Wortlaut hatte: »Sizilianer! Die Zeit der Gebete ist unnütz verstrichen! Unnütz sind die Proteste, die Bittgesuche, die friedlichen Demonstrationen. Ferdinand hat alles verschmäht. Und wir, ein freies Volk, siechen in Kerkerketten und Elend dahin. Worauf warten wir noch, die uns zustehenden Rechte zu beanspruchen? Greift zu den Waffen, Söhne Siziliens! Mit vereinten Kräften sind wir unschlagbar: Die Vereinigung der Völker ist der Sturz der Könige. Der Morgen des 12. Januar 1848 wird die gloriose Epoche der universalen Erneuerung einleiten.«

Zweierlei war beeindruckend an diesen Worten, eins davon im höchsten Maße: Das erste ist, daß ein Aufstand nicht nur öffentlich angekündigt wird, sondern mit drei Tagen Vorsprung, ein Zeichen – wie es öfter der Fall ist – nicht so sehr der Gewissenlosigkeit oder unabwendbarer »Machtkohärenz« der Aufständischen als vielmehr der Dummheit und Taubheit der Hüter der vorläufig konstituierten Ordnung. Die zweite Sache aber verschlägt einem vor Staunen buchstäblich die Sprache: Der Aufstand bricht nämlich tatsächlich zum vorgesehen Zeitpunkt los – und das in Palermo!

Am zwölften Januar achtundvierzig
erhob sich Palermo leidgeprüft,
steckte das Bergwerk in Brand, schlug Krach,
glorreich eingefordert hat es sein Recht:

Alt war's, jung ist's geworden,
hob die geballte Faust
und verpaßte dem Bourbonen einen gewalt'gen Schlag:
Nehmt, Majestät, ich hab's Euch ja gesagt!

Klar und deutlich habe ich es Euch gesagt,
Ihr glaubtet, es sei Prahlerei;
der zwölfte Januar aber ist der Beweis,
der Kugelhagel war bereit ...

Das Volkslied, das ich aus dem Buch von Antonino Uccello *Risorgimento e società nei canti popolari* (*Risorgimento und Gesellschaft in den sizilianischen Volksliedern*) zitiert habe, gibt deshalb allen Anlaß zur Freude. Doch jener Aufruf, der vor allem einem einsamen Geistesblitz von Francesco Bagnasco zuzuschreiben war – die anderen Antibourbonen hatten keinen blassen Schimmer davon, weshalb es auch kein Revolutionskomitee gab, das die Aktion hätte koordinieren können –, barg die Gefahr, daß halb Sizilien unter dem lauten Gelächter König Ferdinands das Gesicht verlieren könnte. Am Morgen des zwölften Januar hatte der Kanonenknall nämlich eine gefährliche Verspätung, da in gewisser Hinsicht die Zündschnur fehlte. Padre Ragona mußte eingreifen und mit dem Kruzifix in der Hand lauthals das Volk zum Aufstand aufrufen; der Advokat Paternò mußte eine glühende Rede halten; es bedurfte der Unterstützung von Giuseppe La Masa und seiner Schar von Freiheitskämpfern mit einer ausgefallenen Flagge aus weißen und roten Taschentüchern, die mit grünen Bändern an einen Stab gebunden waren, und endlich war der Knall zu hören. Doch von jenem Augenblick an komplizierten und überstürzten sich die Dinge.

Am fünfzehnten Januar geschahen einige bedeutende Ereignisse. Palermo befand sich mittlerweile vollständig in der Gewalt der Aufständischen, als der Oberst Gross, Schweizer Gouverneur der Festung Castellammare, den Befehl erhielt, die Stadt zu bombardieren. Gross gab verwirrt und nicht sehr überzeugt einen schwachen Schuß ab, und sogleich eilten sämtliche ausländische Konsuln zum Generalstatthalter De Majo, einem Mann, der keiner Fliege etwas zuleide tun konnte, damit im Namen Europas endlich diesem »Schrecken ein Ende gemacht werde, der den Abscheu der gesamten zivilisierten Welt auf sich zieht«. De Majo ließ sich nicht lang bitten und befahl Gross, das Feuer einzustellen. Am Abend des besagten Tages ging nun in der Nähe von Palermo ein neapolitanisches Korps mit fünftausend Mann unter der Befehlsgewalt des Marschalls De Sauget an Land. Viele der Aufrührer flüchteten sich beim Anblick dieses bedrohlichen Aufzugs an Bord des Kriegsschiffs *Bulldog* (ein Name, ein Programm), das den Engländern gehörte, die aus ureigenen Gründen bei der sizilianischen Revolution mitmischten. Doch der Marschall De Sauget machte vor den Stadttoren Palermos halt und gab aller Welt zu verstehen, daß er nicht nur keine Eile hatte, sondern von dem Enderfolg des Unternehmens nicht einmal überzeugt war; wie er seinem König schrieb, gründete sein Verhalten auf der simplen Überlegung, daß die Aufständischen bettelarme Verzweifelte waren und nichts zu verlieren hatten, während seine Soldaten an eine gute Behandlung gewöhnt waren und sich ohne Tabak sehr unbehaglich fühlten. Während das übrige Sizilien aufbegehrte, gab es Verhandlungen und Versuche, kleinere Zugeständnisse zu machen, was letztendlich den Revolutionären neuen Mut einflößte.

Zwei weitere bedeutende Vorkommnisse gab es am vierundzwanzigsten. De Majo verließ den Königspalast mit seinen Truppen und einem Gefolge schreiender und weinender Frauen und Kinder, um zu De Sauget vor den Toren Palermos vorzustoßen. Der Marsch war verheerend. Als sie vor Ort »mehr tot als lebendig eintrafen« (so schreibt Harold Acton in seinem Buch *The Last Bourbons of Naples* (*Die letzten Bourbonen von Neapel*, dem ich diese Notizen entnehme), erfuhren sie, daß sich der Marschall auf dem Rückzug nach Messina befand. Der gute, brave De Majo ließ sich diesmal jedoch von der Nervosität packen: Er beschloß, sich als seines Amts ledig zu betrachten, und bestieg das Schiff nach Neapel. Immer noch am vierundzwanzigsten schlossen sich die vier Revolutionskomitees zu einem zusammen: Dessen Vorsitzender wurde der siebzigjährige Ruggero Settimo, den Posten des Generalsekretärs erhielt Mariano Stabile.

Wenn sowohl De Majo als auch die bourbonischen Oberkommandos dem Manifest von Francesco Bagnasco keinerlei Gehör geschenkt hatten, konnte Emanuele Sarzana, der die Festung Torre in Borgata Molo unter seiner Befehlsgewalt hatte, das noch tausendmal weniger tun. Dort sah alles ruhig aus, den Revolutionsknall hatte man nicht gehört. Marullo schrieb: »Kein Haßfeuer loderte im Herzen der guten und friedlichen Bürger. Sie hatten von Freiheit reden gehört, doch von dieser faszinierenden Göttin begriffen sie nichts weiter als den Reiz des Neuen: Sie, die Ehrlichen, Arbeitsamen, Gesetzestreuen, wußten nichts von der Tyrannei, von der sie nicht bemerkt und deshalb auch nicht überrannt worden waren.« Das kann schon sein, doch Borgata Molo war ein Küstenort, und die ganze Welt weiß, daß ein guter Matrose, bevor er die Segel hißt, ganz genau berechnen muß, woher der Wind weht und ob dieser Wind trägt. Im Dorf gab es jedoch mindestens zweihundert Personen, die von der »faszinierenden Göttin« Freiheit eine überaus klare Vorstellung hatten, und diese »Göttin« besaß nicht »den Reiz des Neuen«, ganz im Gegenteil – alles, was ihr anhaftete, war alt und bekannt: die Familie, die man seit Ewigkeiten nicht mehr gesehen hatte; die fast vergessenen Gesichter der Freunde; die Beschaulichkeit eines Spaziergangs über die Felder ohne Kugel ums Fußgelenk; der Duft eines Frauenkörpers. Das Auge der Tyrannei hatte sie sehr wohl bemerkt, zumindest waren sie fest davon überzeugt, denn wie allgemein bekannt, ist jeder Häftling sofort bei der Hand, sich als unschuldiges Opfer von Machtspielen zu betrachten.

An dieser Stelle muß ich auf das zurückgreifen, was Leonardo Sciascia die »Weitsichtigkeit des Gedächtnisses« nennt, natürlich nicht des meinigen, sondern dessen meiner Großmutter väterlicherseits, Carolina Camilleri; sie erblickte rund zehn Jahre nach jenen Ereignissen das Licht der Welt und hatte als kleines Mädchen immer wieder aus dem Mund der Mutter davon gehört. Marullo aber – der sich auf ein verschwörerisches Schweigen versteift, hinter das wir zu kommen versuchen – läßt sich über das Massaker im Torre-Gefängnis nur sehr vage und lückenhaft aus und legt – salopp gesagt – sogar falsche Spuren.

Die Revolte der Bewohner von Borgata im Jahre 1848 – immer noch laut Marullo – »erwies sich als ein Sturm im Wasserglas, als ein wirres Geschrei von ›Nieder mit!‹ und ›Es lebe!‹«. Das stimmt. Doch es genügte, daß die Mannschaft der Zwangsarbeiter, die für die landwirtschaftlichen Arbeiten abbestellt war, die Wachleute außer Gefecht setzen und flüchten konnte. Die Nachricht davon verbreitete sich in Windeseile im ganzen Ort, und die Dorfhonoratioren und Kaufleute verbarrikadierten sich voller Entsetzen in ihren Häusern. Die Zwangsarbeiter waren ja schön und recht, solange sie am »Rechen« angekettet waren, doch sobald sie frei herumliefen, wurden sie erneut zu den Mördern, die sie einst gewesen waren (und sei es auch mit mildernden Umständen, ansonsten würden sie ja am Galgen baumeln). Mit einem Schlag waren sie in den Augen der Leute, die im Dorf das Sagen hatten, zu gefährlichen Fremdkörpern geworden.

Etwas war im Busch, das war deutlich zu spüren. So schloß sich Sarzana zusammen mit seinen Soldaten und den Lebenslänglichen im Torre-Gefängnis ein und verfluchte vermutlich jenen Tag vor dreihundert Jahren, an dem die Abschaffung der Zugbrücke beschlossen worden war. Er versäumte es nicht, eine Patrouille von Männern auszusenden –

mutige Freiwillige, wie er glaubte –, um die Fliehenden wieder einzufangen. Wohlgemerkt – er glaubte das. Einige Stunden später aber kehrte nur die Hälfte der Mannschaft zum Gefängnis zurück (sogar der Oberaufseher fehlte), und zwar ohne die Ausbrecher. Es war aber nicht so, daß die Fehlenden den Heldentod auf dem Schlachtfeld gefunden hätten, nein, sie hatten es ganz einfach vorgezogen zu desertieren, und zu diesem Zwecke hatten sie sich als Freiwillige gemeldet. Da am nächsten Morgen nicht die geringste Spur der ausgebüchsten Lebenslänglichen im Dorf zu entdecken war, verlief das Leben in Borgata Molo bald wieder in seinen gewohnten Bahnen. Sarzana aber blieb in der Torre eingeschlossen. Am fünfundzwanzigsten Januar schließlich traf die Nachricht ein, daß De Majo sich aus dem Königspalast von Palermo davongemacht hatte und De Sauget sich mit seinen fünftausend Soldaten unter großen Strapazen auf dem Rückzug nach Messina befand.

Zu jenem Zeitpunkt bereitete sich De Sauget in Wahrheit darauf vor, zusammen mit seinen Männern bei Solanto, dreißig Kilometer von Palermo entfernt, in See zu stechen. Da er jedoch statt acht Stunden zwanzig gebraucht hatte, um Villa Abate zu erreichen, denn von allen Seiten war auf ihn geschossen worden, war er schließlich überzeugt, Messina nur auf der Ansichtskarte zu Gesicht zu bekommen. Die Bourbonenherrschaft in Sizilien war fortan nur noch durch die Wehrburg von Castellammare, die Zitadelle von Messina, das Torre-Gefängnis von Borgata Molo und einige andere kreuz und quer über das Land verstreute Festungen repräsentiert, die aber allesamt nicht imstande waren, gemeinsame Sache zu machen (vielleicht wollten sie das auch gar nicht). So befanden sich die in Sizilien verbliebenen Bourbonen im Grunde genommen im Belagerungszustand.

Um die Belagerung konkrete Formen annehmen zu lassen, drängte sich in der Abenddämmerung des fünfundzwanzigsten eine Schar von rund hundert Leuten vor den Mauern des Torre-Gefängnisses. Zu glauben, die Küstenbewohner der Borgata hätten beschieden, daß der Wind der Revolution tatsächlich tragen würde, ist falsch: Von diesen Leuten werden nur ungefähr dreißig echte Borgateser gewesen sein, die meisten von ihnen waren Sackträger, also solche, die die härteste und schlechtbezahlteste Arbeit im Ort verrichteten. »In jenen Tagen waren viele Fremde eingetroffen«, erzählte meine Großmutter und fügte hinzu, daß Verwandte und Freunde ausreichend Zeit gehabt hätten, um von ihren Heimatorten nach Borgata zu eilen und die Befreiung der Gefangenen zu organisieren; viele der Auswärtigen hatten das allgemeine Tohuwabohu genutzt und waren bewaffnet erschienen. Während diese Hundertschaft in Richtung Turm zog, verbarrikadierten sich die Honoratioren, Bürger und Kaufleute erneut in ihren Häusern, steckten Kerzen zu Ehren der Mutter Gottes an und sandten Stoßgebete aus, daß der Sturm aufs Gefängnis mißlingen möge (besonders inständig werden die Pächter der Arbeitssträflinge gebetet haben). Als die Gefangenen die Stimmen von draußen hörten, gerieten sie in höchste Aufregung, ohne genau zu wissen, was da eigentlich vor sich ging. Sie begriffen, daß sich auf alle Fälle etwas zu ihren Gunsten rührte, und veranstalteten ein Höllenspektakel. Anders als Marullo annahm, verlor Sarzana in dieser Situation nicht den Kopf und ließ sich auch nicht zu Handlungen aus blinder Wut hinreißen. Er begriff umgehend, daß keiner seiner Männer, sollte er alle für die Abwehr der äußeren Gefahr einsetzen, für die Bewachung der Gefangenen übrigbliebe. So befahl er, sämtliche Gefangene aus allen Ecken des Gefängnisses mit Hieben, Schlägen mit dem Gewehrlauf und mit Ketten zusammenzutreiben und zu zwingen, sich in den Massengraben hinunterzulassen. »Es war ihm ein leichtes, sie durch die Gänge, über die Treppen und immer weiter zu stoßen, bis er sie alle in einem schmalen Graben eingeschlossen hatte. Sie waren einhundertfünfundsechzig an der Zahl, und der Graben wurde zu einem wuselnden Fleischhaufen.« Soweit Marullo. Ich denke aber, daß es kein einfaches Unternehmen war, die Lebenslänglichen angesichts ihres Erregungszustands dort zusammenzupferchen (was die Zahl der Eingeschlossenen angeht, werden es wahrscheinlich ein bis zwei Dutzend weniger gewesen sein). Sobald die Lebenslänglichen sicher weggeschlossen waren, befahl Sarzana den Soldaten, über die Treppe im Innern des Zylinders auf die Terrasse zu steigen und dann die Treppe durch die obere und die untere Falltür abzuschotten; damit sollte ein Angriff von rücklings vermieden werden, falls die Sträflinge es wider Erwarten doch schaffen sollten, über den Rand des Grabens zu steigen.

»Die Treppe wurde abgeriegelt«, schrieb auch Marullo, und in demselben Maße wie er sich nicht über den Zweck des gemauerten Zylinders im klaren war, war ihm auch jetzt nicht bewußt, daß die Abschottung des Treppenraums bedeutete, die einzige Luftzufuhr des Massengrabens abzuschneiden. An diesem Punkt fielen die ersten Gewehrschüsse aus der Menge, und ein Gegenschlag erwies sich für die Soldaten sogleich als sehr schwierig: Der Festungsturm hatte keine Zinnen, hinter denen man sich hätte verstecken können; von der Terrasse aus zu schießen, bedeutete deshalb, einige Sekunden lang in erhobener Haltung, nur halb von der Balustrade ringsum abgeschirmt, dem gegnerischen Feuer ausgesetzt zu sein. Die Schießerei, die weder auf der einen noch auf der anderen Seite zu nennenswerten Ergebnissen führte, zog sich müde dahin; doch sie dauerte lange genug, um den Gefangenen im Graben jegliche Atemluft zu nehmen.

Wenn der Rais, der Anführer der Thunfischfischer, annehmen darf, daß alle Thunfische den obligatorischen Weg durch die Netzkammern der *tonnàra* gemacht haben, und berechnet hat, wie viele von ihnen in die Todeskammer gelangt sind – so wird das letzte Fangnetz genannt –, gibt er den Befehl zum Abschlachten. Mit Rufen geben sich die Fischer, die auf den Booten senkrecht zu den vier Außenflächen des Netzes stehen, den Rhythmus vor und gewinnen Kraft, um das Netz hochzuheben. Nach und nach kommen die Thunfische in dem sich hebenden Netz nach oben. Die Tiere wissen nicht, wie ihnen geschieht: Das Wasser geht immer mehr zurück, sie begreifen nicht, welche Kraft es ist, die sie, ob sie wollen oder nicht, an die Oberfläche treibt. Vor Schreck schwimmen sie heftig erregt hin und her, stürzen sich in eine sinnlose Flucht, peitschen das Wasser wild mit der Schwanzflosse, rammen den Kopf gegen alles, was im Wege ist. Innerhalb kürzester Zeit sehen die Fischer, wie das Meer sich verdichtet, und wo vorher Salzwasser war, glänzen jetzt die Schuppen der Rücken- und Schwanzflossen sowie der Seiten in der Sonne, und die zukkenden Bewegungen verraten immer größere Panik. Die Schwächsten der Fische lassen langsam von dem Kampf ab, fügen sich in ihr Schicksal, drehen sich auf den Rücken und bieten der Harpune das Weiße ihres Bauches dar. Doch die Harpunen und Dreizacke der *tonnaroti* sind nicht dazu da, wie man glauben mag, die Fische zu töten, sondern sie in die Boote zu ziehen, wenn sie halbtot und ihres natürlichen Elements beraubt, nach Luft schnappen, wenn Herz, Leber und Bauch aufplatzen, als wären hundert Messerschneiden in ihren Leib gedrungen.

Anders als die Thunfische, die schweigend vor Schreck sterben, schreien die Eingeschlossenen voller Verzweiflung. Sarzana hört, daß der Ton der Schreie sich geändert hat, und schickt zwei Soldaten, um nachzusehen, was da vor sich geht. Die Soldaten erstatten ihm Bericht und sagen ihm auch, daß das Gitter unter dem Druck der Häftlinge, die vor Sauerstoffmangel buchstäblich den Verstand verloren haben, nachzugeben droht. Der Hauptmann begreift nun, daß es keinen Ausweg mehr gibt: Sie jetzt aus dem Graben herauszulassen, wäre dasselbe, wie hundert wild gewordene Katzen aus einem Sack in einen Raum zu entlassen – das mindeste, was sie tun würden, wäre, ihm ins Gesicht zu springen. Den Luftschacht offenzulassen, ist ebenfalls unmöglich, da das Gitter jeden Moment nachgeben wird. So bleibt ihm nur, den Druck, den die Gefangenen darauf ausüben, zu verringern. Er erteilt den Befehl, drei Petarden in den Graben zu werfen und die Treppe sogleich wieder hermetisch abzuriegeln. Auf diese Weise sichert er sich hundertprozentig ab, denn wenn die Gefangenen sterben, wird keiner mehr behaupten können, daß er die Absicht hatte, ein Massaker zu begehen: Die Isolierung der Treppe war für die Verteidigung des Torre-Gefängnisses einfach notwendig. Sollten sie es doch dem Architekten anlasten, der sie im fünfzehnten Jahrhundert gebaut hat! Schließlich baut man entweder eine Treppe oder einen Luftschacht.

Der Knall der drei im Innern abgefeuerten Sprengkörper wird auch von den Belagerern gehört, die kurz darauf mitbekommen, wie die Stimmen der Lebenslänglichen nach und nach ersterben. Aus der Menge werden keine Schüsse mehr abgegeben. Allen schwant, daß etwas Furchtbares passiert sein muß, doch dieser Umstand stachelt sie in ihrer Gewalttätigkeit nicht an, sondern macht sie atemlos vor Verblüffung. Nicht einmal die Soldaten auf der Terrasse schießen mehr. »Die Bevölkerung«, schreibt Marullo, »ist stumm vor Angst, sie ahnt das Geschehene, verläuft sich und zieht sich schweigend zurück, um vor den entsetzten Familien der Häftlinge die erdrückende Qual ihrer eigenen Seele zu verbergen, auf der das vermutete Unglück bereits als Gewissensbiß ob eines unwissentlich begangenen Vergehens lastet!«

Damit trifft er ins Schwarze. Langsam dreht sich der Spieß um: Die Schuld, wenn auch eine unbewußte – Marullo behauptet, die Sträflinge seien durch die drei Petarden getötet worden, doch es stellt sich die Frage ob diese in der Lage sind, einhundertsechsundfünfzig Personen zu töten, so viele sollen seinen Angaben nach in dem engen Raum zusammengepfercht gewesen sein –, fällt also auf die Dorfbewohner, die sich gegen die öffentliche Ordnung aufgelehnt haben, und gegen die Verwandten der Gefangenen, die versuchten, jene zu befreien. Der Aufruf zur Mittäterschaft hat in jenen Stunden gewiß viele Befürworter im Dorf gefunden: Er gilt als eines der Hauptargumente, auf denen die Schweigeverschwörung um das Massaker aufbaut.

Die Soldaten von De Majo, die am vierundzwanzigsten Januar von Palermo zu De Saugets Feldquartier aufgebrochen waren, erreichten »mehr tot als lebendig« ihr Ziel; während des Marschs waren sie für die schießenden Aufständischen eine ständige Zielscheibe und hatten nichts weiter tun können, als das Tempo zu beschleunigen, da die Anwesenheit von Frauen und Kindern in der Marschkolonne die Organisation eines Verteidigungsansatzes unmöglich machte. Nicht einmal für die Truppen von De Sauget, die zum Einschiffungshafen eilten, war der Marsch ein Zuckerlecken gewesen; sie gerieten praktisch von einem Hinterhalt in den nächsten: Hinter den Hügeln lauerten Bauern, hinter Büschen und Felsbrocken warteten ihnen Aufständische mit höllischen Schießereien auf. Doch die Soldaten von De Sauget erwiderten die Angriffe umgehend und recht rabiat. Sie fühlten sich zutiefst in ihrer Ehre verletzt, weil eine Handvoll Lumpenpack sie zum Rückzug gezwungen hatte. Kaum also war einer der Rebellen gestellt, der nicht mal Zeit hatte A zu sagen, schon hatten sie ihm den Kopf abgeschlagen. Wie alle Truppen auf dem Rückzug, steckten auch De Saugets Soldaten in feierlicher Tradition unzählige Häuser in Brand und stachen viel Vieh ab (die Bauern rächten sich an den Hunderten von Pferden, die De Sauget bei der Einschiffung befohlen hatte, an Land zurückzulassen). Die heftigen Schlachten konnten jedoch einige Tage später zum Zeitpunkt der Waffenniederlegung nicht verhindern, daß der Oberst Gross beim Gang durch ein Spalier von Palermitanern – laut Zeugnis von Lord Mount Edgcumbe – »öfters seinen riesigen Leib nach vorn beugen mußte, um sein von Wind und Wetter gezeichnetes Gesicht gewissen schnauzbärtigen und schmutzigen Mündern zum Kuß zu reichen, und die Berührung mit ihnen dürfte nicht einmal in einem Land, wo gefühlvolle Umarmungen unter Männern an der Tagesordnung sind, angenehm gewesen sein«. Wegen der Abschlachterei der Sbirren von Hand der Palermitaner zeigt sich der Lord jedoch verwundert: »Man mag es schier nicht glauben, daß sich ein Volk, das seine Wohlanständigkeit in vielerlei Hinsicht bereits bewiesen hat, ein Vergnügen daraus machen kann, die Leichen der Opfer durch die Straßen zu schleifen und den Kindern zu gestatten, sich an der schändlichen Verstümmelung zu beteiligen, als wäre es ein Spiel.« Giuseppe Pitrè erzählt, daß er, »noch ein Knabe«, an den Strand der Festung ans Meer geführt worden sei und »die grauenvoll verstümmelten und entstellten Leichen« der Sbirren auf dem Wasser habe schwimmen sehen. Diese Gewalttat war sicherlich durch die Entdeckung der alten und frischen Leichen in den Polizeiposten und den grauenvollen Anblick einer hübschen Anzahl von Folterinstrumenten ausgelöst worden, die, wie man wußte, gerne und häufig zur Anwendung gekommen waren. So mancher Historiker hat zudem geschrieben, die Polizisten seien getötet worden, weil sie ein Symbol der Macht darstellten, und es gibt nichts Gefährlicheres als das Zurücktreten der Person hinter ein Symbol. Eine im Süden gebräuchliche Redewendung besagt: »Kommandieren ist besser als Ficken«, was in diesem Fall bedeutet, daß die Polizeischergen ihre Phantasie sehr angestrengt haben müssen, um durch ihr »Kommandieren« die unterschiedlichsten Orgasmen zu erleben.

Als aber eine Schar von viertausend Personen das Gefängnis von Sant' Anna besetzte und die dort eingekerkerten Sbirren ergriff, wurde keine Lynchjustiz verübt. Pasquale Calvi schreibt in seinen *Memorie storiche* (*Historischen Memoiren*), daß eine Art Volksgericht aufgestellt wurde, und die wenigen, die sich »inmitten des verkommenen Schandpfuhls auf außerordentliche Weise frei von Schuld gehalten hatten, wurden durch Zurufe als ehrlich beurteilt und blieben unversehrt«. Urteilsverkündungen vor Gericht sollte man, ob nun Volksgerichte oder nicht, mit Skepsis bewerten, und ich kann mir lebhaft vorstellen, wie viele private Vergeltungsschläge, Grobheiten und Mißgunst sich bei dieser Gelegenheit unter dem Deckmantel unparteiischer Rechtsprechung verbargen. Ich schließe mich Harold Acton an, dem es äußerst schwerfällt, »das erbarmungslose Gemetzel von Hand der rasenden Menge zu rechtfertigen«, selbst dann, wenn in den Polizeistationen tatsächlich einige Skelette entdeckt worden sind. Im Torre-Gefängnis von Borgata Molo hatte der Hauptmann Sarzana kein einziges Skelett im Schrank, dafür aber über hundert noch warme Leichen im Keller. Er war kein Sbirre, sondern ein Soldat, doch wie ein Sbirre hatte er gedacht und gehandelt: Die Uniform hätte ihn nicht vor dem Volkszorn retten können.

Und trotzdem kam er mit heiler Haut davon. Wie sich die Dinge tatsächlich zugetragen haben, darüber lassen sich nur *cum iudicio* (besser gesagt mit einer von Vernunft untermauerten Phantasie) und mit einer guten Portion Vorsicht Vermutungen anstellen.

Halten wir uns wieder an Marullo, den ich bereits als jungen Burschen gelesen habe; mich dauert es, ihm jetzt nicht gegenüberzusitzen, um gemeinsam mit ihm Überlegungen anzustellen; mir kommt es ungerecht vor, mich nur auf das zu stützen, was er schriftlich hinterlassen hat, und mir das Schweigen von jemandem zunutze zu machen, der sich in seinem Leben Ansehen und Achtung verdient hat (was beweist, daß ich nicht den Kopf und den Magen bestimmter Historiker habe, deren Weisheit zu einem guten Teil auf der Tatsache gründet, daß die Toten keine Widerrede mehr geben können). Auf den anderthalb Seiten, die Marullo dem Mord im Torre-Gefängnis widmet, stehen meiner Meinung nach eine ganze Menge mißverständlicher oder falscher Dinge.

Als allererstes ist da die Anzahl der Toten. Marullo behauptet, daß die Zahl der Zwangsarbeiter, die in den Massengraben getrieben wurden (der kurz darauf seine Endsilbe verliert und nur noch in der grauenvollen Bedeutung von »Massengrab« verwendet wird, an die uns seit Katyn die Todesacker rings um die ganze Welt gewöhnt haben), einhundertsechsundfünfzig betragen habe. Doch das Sterberegister der Gemeinde Borgata Molo (auf das wir noch zurückkommen werden) nennt in schöner Reihenfolge einhundertvierzehn Tote. Als die Namen der Ermordeten offiziell eingetragen wurden, gab es keinen Grund mehr für irgendwelche Täuschungsmanöver, und es ist seltsam, daß sich Marullo, der als Bürgermeister Zugang zu sämtlichen Dokumenten hatte, nicht an das Totenregister hält. Oder will Marullo vielleicht zu verstehen geben, daß trotz Geschossen und Sauerstoffmangel zweiundvierzig Zwangsarbeiter im Graben überlebt haben? Das kommt mir unwahrscheinlich vor; sobald jene zweiundvierzig Überlebenden – noch den fürchterlichen Tod ihrer Genossen vor Augen – freigekommen wären, hätten sie – obgleich sie Mörder und Verbrecher waren und abgehärtet obendrein – einen derartigen Krach geschlagen, daß er noch auf der anderen Seite der Erdkugel zu hören gewesen wäre.

Noch seltsamer ist, daß Marullo sich sogar im Datum irrt, an dem das Massaker stattgefunden hat. Er schreibt nämlich, daß es »im Morgengrauen des achtzehnten Januar« war, doch Gaetano Attard wiederholt rund einhundertvierzehnmal in seinem Verzeichnis, »verschieden in der Nacht vom fünfundzwanzigsten auf den sechsundzwanzigsten«. Und abgesehen vom Datum bedeutet die Angabe von ungefähr zwölf Stunden Todesringen für jeden einzelnen Tod indirekt, daß keine Ermordung durch Feuerwaffen vorgelegen hat, da die Schießereien ja bei Sonnenuntergang am fünfundzwanzigsten geendet hatten. Es handelt sich um einen Lapsus des Verfassers, der uns somit die Idee eines sich in die Länge ziehenden Todesringens eingibt.

Marullo behauptet im weiteren Verlauf seiner Ausführung, daß am folgenden Tag (dem neunzehnten also) »die Grausamkeit noch einmal die Lebenden und die Toten beleidigt. Karren, hoch beladen mit den Leichen der Ermordeten, die kreuz und quer, einen auf den anderen geworfen wurden – Köpfe und Beine baumeln herunter, überall das violette, noch blutende Fleisch, das von den Bombensplittern zerfetzt war –, fahren durch die Dorfstraße; sie sollen am fernen Strand begraben werden, als wären sie an ihrem gewaltsamen Tod selber schuld und deshalb keiner friedlichen Ruhestätte auf dem Gemeindefriedhof wert! Viele dieser Leichenwagen zogen an den tieftrauernden Leuten vorüber, die in ihrem Herzen nichts als ein pietätvolles Gebet für die unglückseligen Opfer fanden«.

Die Beschreibung ist wirkungsvoll, doch lassen Sie mich erst eins klarstellen … Nach der Schießerei, die den ganzen Nachmittag und Abend andauert, und nachdem er einhundertvierzehn Leute umgebracht hat, ohne daß auch nur eine Menschenseele im Ort etwas davon mitbekommen hat, eröffnet der Hauptmann Sarzana am nächsten Tag, als die Wogen sich scheinbar wieder geglättet haben, erneut und ohne ersichtlichen Grund das Feuer (oder riskiert es zu eröffnen). Er bestätigt das, was die Dorfbevölkerung im schlimmsten aller Fälle vermutet hatte, und stellt die Ergebnisse seines netten Einfalls auf mindestens fünfzehn Karren verteilt zur Schau (ohne ein Fachmann zu sein, gehe ich von dieser für den Transport der Leichen notwendigen Anzahl der Wagen aus). Obendrein zeigt sich Sarzana von seiner finstersten Seite und untersagt, die Toten in geweihter Erde zu begraben. Bei all dem – das Gefängnistor wird sich schließlich aufgetan haben, um einen Wagen nach dem nächsten passieren zu lassen – verhalten sich die guten Einheimischen laut Marullo wie brave Lämmer. Diese Version wirkt unglaubwürdig, es sei denn, man setzt bei Sarzana das Verlangen nach Selbstbestrafung wie aus dem Handbuch der Psychoanalyse und bei den Einwohnern von Borgata eine Unterwürfigkeit voraus, die an Heiligkeit grenzt.

In ihrer Weitsichtigkeit hob Carolina Camilleri an dieser Stelle ihrer Erzählung für mich kleinen Jungen einen bestimmten Satz hervor: »Der Befehlshaber der Torre schüttete ungelöschten Kalk über die Toten im Graben. Doch da die Kalkmenge nicht ausreichte, wurden nicht alle Leichen zerfressen. Nach Sarzanas Flucht also wurde eine kleine Anzahl Toter bei der Crocetta begraben.«

Laut einer zweiten und stichhaltigeren Version

fand der Abtransport einiger Toter erst viele Tage später statt. Der Ort der Bestattung trifft jedoch zu: der Strand genau unterhalb von Caos, dem späteren Geburtsort Pirandellos. Um anzuzeigen, daß dort unter der Erde Tote lagen, wurde ein Holzkreuz aufgestellt, und aus diesem Grund hieß der Ort, der zuvor namenlos war, »*a crucidda*« – das kleine Kreuz. Viele Gebeine fand man unter diesem Kreuz, als dort fünfzig Jahre später für den Bau eines Bahnhofs gegraben wurde: Die Überreste wurden damals in das Massengrab auf dem Friedhof geschafft. Wie man sieht, war den Kerkerbrüdern im Leben wie im Tod das Los bestimmt, von einem Massengraben zum anderen zu wechseln. Wenn die Dinge aber so stehen, wurde der Befehl zur Bestattung in nicht geweihter Erde bestimmt nicht von Sarzana gegeben, und ich bezweifle, ob er überhaupt die Befugnis dazu gehabt hätte. Mittlerweile glaube ich, daß ein solcher Befehl überhaupt nicht erteilt wurde. Im Höchstfall haben sich die Autoritäten von Borgata die Köpfe heiß geredet, welches wohl die geeignetste Bestattungsstätte sei. Über die Tatsache, daß die ermordeten Zwangsarbeiter fernab vom Dorf bestattet werden sollten, gab es keine Silbe zu verlieren: Durch ihre Verbrechertaten hatten sie sich zeit ihres Lebens aus der Gesellschaft ausgeschlossen, und aus der Gesellschaft ausgeschlossen sollten sie auch als Tote bleiben. Bestenfalls durfte man für sie beten und nach Christenbrauch ein Kreuz darübersetzen.

Und die Angelegenheit buchstäbliche ruhen lassen.

Immer noch laut Marullo wurde am neunzehnten gegen Abend der Befehlshaber Sarzana »von Soldaten, die aus Girgenti gekommen waren« verhaftet und durch die Straße von Borgata »zwischen zwei dichtgedrängten Volksreihen und unter herben Beschimpfungen in die Stadt abgeführt. Die Blutstropfen, die von seinen blutigen Wagen zu Boden gefallen waren, schienen ihm die unerbittliche Anklageschrift vor Gott und den Menschen vor Augen zu halten«. Hier muß ich ganz dringend etwas verstehen. Fragen wir uns als erstes, welcher Miliz die Soldaten angehörten, die wie Racheengel von Girgenti herunterkamen. Von bourbonischen Soldaten kann wohl kaum die Rede sein, denn ich glaube kaum, daß es an dem von Marullo angegebenen Datum (dem neunzehnten) überhaupt noch Soldaten gab, die über eine solch heroische Willenskraft verfügten, acht Kilometer zu Fuß zurückzulegen, um jemanden zu verhaften. Und dann, wen sollten sie überhaupt verhaften? Einen Ranghöheren aus ihrem eigenen Heer, der eine Kriegshandlung vollbracht hatte und bis zum Vorabend von der Seite aus schoß, die in ihren Augen noch immer und in jeder Hinsicht die richtige war? Wer sollte einen solchen Haftbefehl gegeben haben und aufgrund welcher Anklagen? Da führt kein Weg daran vorbei: Wenn die Toten noch nicht aus dem Gefängnis geschafft worden waren (und wir haben bereits gesehen, wie sinnlos das gewesen wäre), entpuppte sich alles als pures Gerede, als bloße Unterstellungen. Schwerlich kann man sich einen Sarzana vorstellen, der beim Anblick jener Soldaten seinen Untergeordneten ergeben die Tür öffnet, ihnen das Gemetzel zeigt und dann die Handgelenke in die Handschellen legt. Noch unwahrscheinlicher ist die Vorstellung eines Sarzana, der, von heftigen Gewissensbissen geplagt, die Seinigen anfleht, sie mögen ihn doch freundlicherweise verhaften und ihm die verdiente Bestrafung verpassen; es ist sogar kühn und verwegen anzunehmen, daß sich die Soldaten, die wußten, daß Sarzana das Tor nie und nimmer öffnen würde, als Verstärkung ausgegeben hätten, um anschließend über den Befehlshaber herzufallen. Doch was ist eigentlich aus den anderen Soldaten geworden, zumindest aus denen, die die drei Petarden gezündet haben? Sie sind wie vom Erdboden verschluckt; man könnte fast meinen, Sarzana spiele hundert Rollen in der Komödie: Er ist es, der auf die Menge schießt, der die Falltüren des Luftschachts schließt, der die drei Bomben wirft. Mir kommt das ehrlich gesagt alles unsinnig vor. Andererseits existierte seinerzeit keine Miliz des republikanischen Siziliens, und sich auszumalen, daß Sarzana sich ganz brav ergeben habe, ist ein noch größeres Hirngespinst als das der bourbonischen Soldaten als Racheengel.

»Tragödiant«, heißt in unserer Gegend jemand, der bei jedem ernsten oder heiteren Anlaß Theater spielt und Ton und Gestik der jeweiligen Ebene des Geschehens anpaßt. Seine »Interpretation« hat im allgemeinen nicht sosehr den Zweck, die Zustimmung der Anwesenden, sondern deren spontane und aktive Beteiligung an der Szene zu wecken. Wenn der Tragödiant wirklich fähig ist (und es bedarf eines außerordentlich feinen Gehörs, um beispielsweise aus den verzweifelten Klageschreien einer augenscheinlich dem Selbstmord nahen Witwe, eine lustige Vergangenheit, die gespickt voll ist mit Hörnern für den Ehemann, herauszuhören), dann ist die Zustimmung der Umstehenden wie eine Belohnung; alle sind bereit, wie es im Theaterjargon heißt, den Stichwortgeber zu machen und im richtigen Moment die richtige Antwort zu geben. Ich weiß gut, daß der »Tragödiant« andernorts ganz einfach »Komödiant« genannt wird, doch da man bei uns eher die Tragödie als die Komödie aufführt – ein ganz natürlicher Charakterzug, der auch in Hunderten von wissenschaftlichen und belletristischen Büchern erklärt ist –, braucht man darüber keine Worte mehr zu verlieren: »Unweigerlich konstruieren wir uns selbst«, sagte Angelo Baldovino zum Marchese Fabio Colli in *Die Wollust der Ehrlichkeit,* doch ich habe die mathematische Gewißheit, daß Pirandello eigentlich das Material meinte, das wir Sizilianer vorzugsweise zur Konstruktion verwenden: schwarzpoliertes Ebenholz, eben das der Särge. So geschieht es auch mit einer gewissen Regelmäßigkeit, daß aus Spielerei oder Notwendigkeit ein ganzes Dorf, nicht nur eine Einzelperson, zum »Tragödianten« wird. Ähnlich wie es im Mittelalter bei der Aufführung von Mysterienspielen der Fall war, wo sich die gesamte Dorfbevölkerung unter der Anweisung eines Spielleiters an den Vorbereitungen beteiligte und vorübergehend jedes Amt und jede Rolle aufgab; persönlich habe ich so etwas zumindest bei einer Gelegenheit erlebt, als eine ganze Dorfgemeinschaft – vom Bürgermeister bis zu den Ordnungskräften – einen

Mann unterstützte, der einen Auswärtigen entdeckt hatte, der sich anschickte, einen Diebstahl zu begehen. Der Dieb wurde natürlich von allen heimlich bei der glücklichen Durchführung seiner Tat begünstigt. Doch als er dann mit dem Diebesgut mitten auf der Piazza stand, ging ein Chor von Pfiffen und Furzlauten auf ihn nieder. Mir ist auch zu Ohren gekommen, daß sich in der jüngsten Nachkriegszeit eine junge blonde Abgeordnete einer linken Partei in den Kopf gesetzt hatte, eine Wahlveranstaltung in einer Ortschaft abzuhalten, die fest in den Händen der Mafia war, und in der die fortschrittlichsten wiewohl gefährlichsten Ideen bei den Bürgern die liberal-republikanischen waren. Von der Partei, der die Abgeordnete angehörte, fand sich nicht eine einzige Person, nicht mal für bares Geld, ein. Darüber wurde dem Obermafioso Bericht erstattet, der meinte, man dürfe nicht so unhöflich sein und einer schönen Signora das Abhalten einer Wahlversammlung verwehren. Die Abgeordnete traf also am festgesetzten Tag ein. Auf der Piazza erwartete sie ein Meer roter Fähnchen, und die Leute drängten sich wie in einer Sardinenbüchse. Kaum schaffte sie es, auch nur einen Satz zu beenden, schon brach tosender Beifall los, der die Fensterscheiben zum Klirren brachte. Zum Schluß wurde sie im Triumphzug eskortiert.

Zu lange schon bin ich in der Welt des Spektakels tätig, um nicht zu merken, daß die Geschichte mit der Verhaftung Sarzanas viel zu sehr nach Theater stinkt, nach einer richtig miesen Schmierenkomödie, die irgendwie die Gemüter hätte beruhigen sollen. Warum will Marullo die Sache verharmlosen, schließlich gibt er es doch selbst zu: Tags zuvor wird auf Sarzana geschossen, und am nächsten Tag begnügt man sich, ihn zu beschimpfen? Und die von auswärts nach Borgata herbeigeeilten Freunde und Verwandten der Lebenslänglichen überkommt beim Anblick der verschandelten Leichen ihrer Angehörigen, immer noch laut Marullo, keine Rachgier, sondern sie fügen sich ins Unvermeidliche? Ich glaube vielmehr, daß im Dorf eine große Spannung herrschte und die Gefahr bestand, daß ein zweiter Angriff von größerem Erfolg sein würde. Es wird also erzählt, daß die Verhaftung abends stattfand, genauer gesagt an einem Winterabend, und man darf ruhig annehmen, daß es damals noch keine Straßenbeleuchtung gab. Wenn es aber stimmt, daß nachts alle Katzen grau sind, ist ebenfalls wahr, daß ein Militärmantel und ein tief ins Gesicht gezogener Hut einen Soldaten nicht mehr von einem anderen unterscheidbar machen. Mit dem Märchen von der Verhaftung wollte man also zweierlei erreichen: erstens – wie bereits gesagt – die erhitzten Gemüter zu beruhigen, und zweitens Sarzana und seinen Männern den Auszug aus dem Torre-Gefängnis zu ermöglichen, denn ohne diesen Betrug hätte der Befehlshaber in der Torre Schimmel ansetzen können. Erst als Sarzana in Sicherheit war, wird einer der Dorfköpfe ein paar Männer seines Vertrauens beauftragt haben, ins Torre-Gefängnis einzudringen und die wenigen Leichen zu bergen, die der ungelöschte Kalk nicht zersetzt hatte. Und Marullo verkündet zu Recht seine Theorie von den bluttriefenden Leichenwagen, nur daß er sich über deren Bedeutung nicht im klaren ist. Die Karren werden durch die einzige Straße des Orts geführt (eben nicht still und heimlich und so gut wie unbemerkt am Meeresufer entlang), damit alle sie sehen können. Das ist der Regiestreich eines echten Meisters seines Fachs, vor dem ich den Hut ziehen muß: Jene entsetzliche Tatsache wird den imaginären Handschellen an den Gelenken des Kommandanten einen Anstrich von Wahrheit verleihen.

(Man wird mir vorwerfen können, daß im Zuge dieser Rekonstruktion anstelle des kritischen Denkvermögens meine Vorstellungskraft getreten ist. Also gut, keine vorgetäuschte Verhaftung. Ich schlage eine weniger phantasiereiche Lösung vor, nämlich daß das bloße Gerücht von der erfolgten Verhaftung in Umlauf gebracht und damit letztendlich dieselben Ergebnisse erzielt wurden. Sarzana und die Seinen ließ man mitten in der Nacht aus dem Torre-Gefängnis heraus: Am nächsten Tag erzählte man sich in der Gegend, daß »Soldaten aus Girgenti gekommen sind«, die ihn mit in die Stadt genommen haben. Statt dessen hielt sich Sarzana in Erwartung der Ereignisse vorübergehend im Haus von Freunden auf, denn gute Freundschaften vor Ort wird der Herr Hauptmann gewiß geschlossen haben.)

»Sarzana ist abgehauen«, behauptete Frau Carolina Camilleri hartnäckig. Am vierten Februar schickte ein bourbonisches Kriegsschiff der Festung von Castellammare das Befehlssignal, sich zu ergeben, und der Oberst Gross gehorchte. Am selben Tag erreichte ein neapolitanisches Kriegsschiff die Reede von Borgata und signalisierte etwas zum Torre-Gefängnis hin. Entweder weil keine Antwort oder eben eine sehr klare Antwort zurückkam, wurde ein Landeboot ins Wasser gelassen, das in Richtung Ufer steuerte. Während von Bord die Kanonen auf das Dorf gerichtet waren, gingen der Schiffskommandant und einige schwerbewaffnete Männer der Besatzung von dem Boot an Land. Wutentbrannt erklärte der Offizier dem Gaetano Attard (ja genau ihm, einmal, weil er eine öffentliche Person, zum anderen, weil er offensichtlich der beste Mann im Bunde war), daß die Einwohner genau acht Stunden Zeit hätten, um ihre Behausungen zu verlassen, anschließend würden die Kanonenschläge nachhelfen, und das würde kein Haus von Borgata überstehen. Sprach's und kehrte wieder zum Schiff zurück. Die Reaktionen waren heftig. Die Ehrenmänner und die Kaufleute, die Pferde und Kutschen besaßen, traten völlig verunsichert die Flucht in Richtung Felder an. Guglielmo Peirce, seines Zeichens englischer Konsul, stieg aufs Dach seines Hause und hißte eine vier Meter hohe Flagge, damit die Männer auf dem Schiff begriffen, welchen diplomatischen Schwierigkeiten sie entgegenblickten, falls sie diese Mauern beschädigten. Mit einem Schlag erinnerten sich auch die Camilleris, die Bouhagiars, die Hamels, die Cassars ihrer maltesischen Herkunft und zogen die Fahnen hoch. Auch Gaetano Attard, der ebenfalls aus Malta stammte, tat es ihnen nach. Doch sofort darauf trat er in Aktion: Er verdingte ein Ruderboot mit zwei Ruderern, setzte da das englische Banner und ging an Bord des Schiffes, um zu verhandeln. Während sich Borgata unter den fassungslosen Blicken der Neapolitaner, die glaubten, sich in der Route getäuscht zu haben, mit einem Schlag in ein Städtchen aus der Grafschaft Hampshire am Tag des Nationalfeiertags verwandelte, argumentierte Gaetano Attard dermaßen überzeugend, daß das Schiff am folgenden Morgen nicht mal mehr am Horizont zu sehen war. Derselbe Horizont, hinter dem auch der Kommandant Sarzana verschwand.

Am fünften Februar 1848 proklamierte Ruggero Settimo von Palermo aus mit höchstem Enthusiasmus, daß eine glückselige Ära für Sizilien und die endlich vom bourbonischen Joch befreiten Sizilianer angebrochen sei; mit den Schrecken des Kriegs sei es aus und vorbei. Mit anderen Worten: Für all diejenigen, die von Amts wegen die Schrecken des Krieges, vom Ermordeten bis zur abgestochenen Kuh, vom verbrannten Wohnhaus bis zur zerstörten Ernte einzuschätzen hatten, war eine Zeit der Schwerstarbeit angebrochen.

Als führte er einen Befehl aus, beantragte Gaetano Attard am sechsten Februar beim Gerichtsvorsitzenden von Girgenti (derselbe, der unter den Bourbonen im Amt war) die Beglaubigung weiterer hundertzehn Blätter für das Sterberegister, gültig für zweihundertzwanzig Tote. Er bleibt also im vagen, noch kennt er die genauen Zahlen des Massakers nicht. Und vorab muß das Problem gelöst werden, wer als erster in offizieller Mission das Torre-Gefängnis betritt, nicht nur wegen der Zählung der Toten, sondern vor allem, weil stets – ob Frankreich oder Spanien, ob Republik oder Monarchie – Bedarf an betriebsfähigen Gefängnissen besteht. Auf diese Weise sichert sich jener Oberaufseher ab, der mit der Erklärung, Jagd auf die Schar flüchtiger Zwangsarbeiter machen zu wollen, mit einer Soldatenschar das Gefängnis verlassen hatte und nicht mehr zurückgekehrt war, auch weil er sich seit einigen Jahren in Borgata häuslich niedergelassen hatte. Ihm wird der Kommandantengrad verliehen, doch weiß ich nicht, wie angenehm ihm das war: Aufgrund seiner Kenntnisse über die Menschen und die Dinge im Torre-Gefängnis erhält er unmittelbar die Aufgabe, ein Inventar der Toten zu erstellen; er soll dabei berücksichtigen, daß einige der Leichen noch unter dem ungelöschten Kalk im Graben liegen, andere jedoch schon zur Crocetta gebracht wurden. Der Oberaufseher macht sich mit größtem Eifer an die Arbeit und ist bereits am elften Februar um acht Uhr in der Lage, Gaetano Attard die vollständige Liste zu diktieren.

Von diesen hinzugefügten Blättern, deren Nummerierung natürlich erneut bei null beginnt, übertrage ich hier das zur ersten Seite gehörige und setze alles kursiv, was dort mit Feder geschrieben ist.

»Im Jahr achtzehnhundert*acht*undvierzig, am *elften* des Monats *Februar* um *acht* Uhr *vormittags* ist vor uns *Gaetano Attard, stellvertretender Bürgermeister* und Standesbeamter der Gemeinde *Girgenti,* Distrikt *Girgenti,* Provinz *Girgenti* erschienen ... Alter ... Beruf ... Reichsbürger wohnhaft ... *haben wir vom Kommandanten der Justizvollzugsanstalt dieses Ortes Nachricht erhalten,* welcher erklärt hat [mit Feder durchgestrichen], daß am Tag [mit Feder durchgestrichen] *in der Nacht vom fünfundzwanzigsten auf den sechsundzwanzigsten* des Monats *Januar* im laufenden

Jahr ist gestorben *im Graben des genannten Torre-Gefängnisses: Francesco Lentini, achtundzwanzig Jahre alt, verheiratet mit Serafina La Cagnina,* geboren in *Castelvitrano,* von Beruf *Strafsklave,* wohnhaft *in dieser Strafanstalt,* Sohn *des verstorbenen Leonardo,* von Beruf ... wohnhaft in ... und *der verstorbenen Susanna Sanacore,* wohnhaft in ... In Befolgung des Gesetzes haben wir uns zusammen mit den genannten Zeugen zur verstorbenen Person begeben und haben ihr tatsächliches Ableben festgestellt. Wir haben darauf die vorliegende Akte verfaßt und in die zwei Register eingetragen und sie den Unterzeichnern vorgetragen, am Tag, Monat und Jahr wie oben von uns angegeben. *Nachdem wir die notwendigen Erklärungen über das verstorbene Individuum eingeholt und uns seines tatsächlichen Ablebens versichert haben, haben wir das vorliegende Dokument verfaßt, das in die zwei Register eingetragen worden ist, und das am Tag, Monat und Jahr wie oben und von uns gezeichnet Gaetano Attard.*«

Wie präzise sich Gaetano Attard auch beim gewöhnlichen Schriftverkehr verhält, hier ist er richtig schlampig. Er akzeptiert beispielsweise, daß der Todeszeuge ein einziger ist, und zwar der anonyme »Kommandant der Justizvollzugsanstalt« (der, und das ist bekannt, ein ganz falscher Zeuge ist, da er, wie jedermann weiß, zum Zeitpunkt des Massakers fernab vom Torre-Gefängnis weilte). Außerdem geht er nicht näher auf die Todesursache ein (die er selbst bei den fünf auswärtigen Toten, auch bei denen, die an Bord des Schiffes verstorben sind, benennt, sei es ein Messerstich oder eine Krankheit). Wenn Gaetano Attard am Ende hinzufügt, er habe nur »die notwendigen Erklärungen eingeholt«, ohne sich persönlich vom »tatsächlichen Ableben« vergewissert und ohne mit Federstrichen das Vorgedruckte durchgestrichen zu haben, degradiert er sich selbst vom diensthabenden Standesbeamten zum simplen Abschreiber. Natürlich ist er gezwungen, den Einbanddeckel wieder aufzumachen, um die neuen Blätter einzufügen. Da diese Blätter jedoch eine eigene Numerierung haben, kommt Attard nicht umhin, sie ans Ende des Registers zu hängen. Und da die Blattgröße der hinzugefügten Seiten sehr viel kleiner ist als die der normalen, kommt es, daß die ermordeten Zwangsarbeiter auch im Register nicht nur einen anderen Platz einnehmen als die Toten des Orts, sondern auch deutlich »verschieden« sind.

Während des langwierigen Kopierens unterlaufen Attard, was unvermeidlich war, einige Fehler. Mir ist bewußt, daß dieser Satz zu Mißverständnissen führen könnte, weshalb ich ihn umgehend verbessern will. Die Fehler Attards wurden nicht dadurch verursacht, wie man annehmen könnte, weil er auf grausige Weise gezwungen war, einhundertvierzehnmal eine knappe Zusammenfassung eines Massakers zu geben, dessen Blut und Tränen noch lange nicht getrocknet waren. (Ich will mir einige Ausschnitte des Wortwechsels zwischen Oberaufseher und Standesbeamten während der Abschrift vorstellen: »Dieser Gaetano Rizzo, wer war denn das, war das der Schuhmacher vom ›Rechen‹?« »Nein, der Herr, der hieß Renda. Der da arbeitete im Steinbruch.«) Statt dessen bleibt die Handschrift von Attard klar und flüssig, so wie man es seinerzeit in der Schule lernte. Die Fehler sind offenkundig dem Oberaufseher oder möglicherweise der Unordnung anzulasten, in der die Register im Gefängnis gehalten wurden.

Die erste Beschwerde zu jenen Fehlern erfolgt im Jahr 1850. In einer »Todesurkunde« sind die Angaben zur Mutter eines der Ermordeten vollständig falsch, und das Gericht von Girgenti muß das mit einem entsprechenden Urteil richtigstellen. 1853 wird dasselbe Gericht gerufen, weil in der »Urkunde« von Ernesto Bonsignore jedwede Angabe zur Abstammung mütterlicherseits fehlt. Die auf subtile Weise riskanteste Eingabe bei Gericht aber macht im Jahr 1854 die Tochter von Francesco Figuccia, die heiraten will. In der Urkunde, so verlangt sie, soll geschrieben stehen, daß ihr Vater mit Rosa Alagna verheiratet war, denn diese Angabe zur Person fehlte vollständig (bezeichnend, daß die Auslassungen oder Fehler nur die weibliche Seite der Verwandtschaftsverhältnisse der Lebenslänglichen betreffen). Soweit, so gut. Doch in dem Antrag schreibt die junge Frau, ihr Vater sei »bei den politischen Ereignissen des Jahres 1848 umgekommen«, was bedeutet, daß es jemanden gibt, der volle Kenntnis davon hat, daß der Tod der Gefangenen im Torre-Gefängnis aus gänzlich anderen Gründen erfolgte als denen, die zur Haft geführt hatten. Das Gericht stellt keine Ermittlungen an und beschränkt sich darauf, die Urkunde zu korrigieren.

Noch im Jahr 1848 macht Gaetano Attard, der natürlich immer schon heimlich ein antibourbonisch gesinnter Republikaner war, Karriere. Vom fünfzehnten Juni bis zum achten Juli ist er vom »stellvertretenden Bürgermeister« zum »Leiter der Gemeindeverwaltung« aufgerückt. Danach ist er bis zum dreißigsten November »Vizepräsident der Gemeindeverwaltung« und trägt sich an diesem Datum als »beigeordneter Senator« ins Register ein. 1853 dann, wie bereits gesagt, ernennt Ferdinand II. Borgata zu einer eigenständigen Gemeinde und überläßt dem Ort mit einer Verfügung »ohne Gegenleistung den gesamten Strand bis zur Weite eines Schusses aus der Armbrust vom Gestade aus, eingeschlossen der Baugenehmigungen sowie das Anrecht auf die entsprechenden Mieten für zehn Jahre frei von jeglicher Grundsteuerpflicht«.

Von dieser neuen Gemeinde wurde Gaetano, der immer schon heimlich ein antirepublikanisch gesinnter Bourbonenanhänger war, erster Bürgermeister. Nach so vielen Jahren inmitten der Dorfgeschichten hatte Attard, der laut Marullo ein »hochgeschätzter Herr« war, bestimmt mitbekommen, wie viele Haare seine Mitbürger, mit Verlaub gesagt, am Arsch hatten. Doch völlig unerwartet muß er vielleicht auch über den Schönheitsfleck von irgendeinem erfahren haben, der im verborgenen hätte bleiben sollen. Tatsache ist, daß man ihn von unbekannter Hand und aus unbekannten Gründen am 21. April 1861 in der Lokalität »Molino a vento« in der Nähe von Girgenti erschossen auffand. Er war gerade zum Bürgermeister wiedergewählt worden; man darf also annehmen, daß er immer schon heimlich ein Partisan und italienischer Einheitskämpfer gewesen war.

Die Volksstimme behauptet, daß irgendwo ein Prozeß gegen den Befehlshaber Sarzana angestrengt worden sei. Ob nun die Sizilianer oder die Neapolitaner diesen zelebriert haben, ist gleich. Tatsache ist (und damit wird mehr als genug Öl auf mein Feuer gegossen): Sarzana wurde freigesprochen.

1853, dasselbe Jahr, in dem Attard unter den Bourbonen erster Bürgermeister des neuen Orts wurde, erwies die neugerüstete Garnison von Licata ihrem eben eingetroffenen Kommandanten, dem Oberst Emanuele Sarzana, die Ehre.

Innerhalb kürzester Zeit sprach man im Dorf nicht mehr von jenen einhundertvierzehn Toten. Sie waren einfach nur noch – wenn man sich überhaupt an sie erinnerte – bedauernswerte Dinge wie die, die man mit Staub bedeckt auf dem Speicher findet und nicht mehr begreift, wozu sie einstmals nützlich gewesen waren.

Nicht eine Menschenseele kam deshalb an den Tagen, da Europa ob der von den Sizilianern niedergemetzelten Sbirren vor Empörung zitterte (wie flugs war dieses Europa doch zur Stelle – und wie empfindsam! – und erhob die Stimme, weil sich einige Palermitaner am dritten Februar fünfunddreißig Sbirren griffen und vor den Toren der Stadt erschossen), auf die Idee, zum Torre-Gefängnis von Borgata Molo zu gehen und die einhundertvierzehn Personen abzuzählen, die dort von einem bourbonischen Befehlshaber ermordet worden waren. Der Knackpunkt war folgender: Jene Knastbrüder durfte man guten Gewissens als Unpersonen bezeichnen, doch da auch der blutrünstigste und hinterhältigste Sbirre immer noch als menschliches Wesen zählte, konnte die Rechnung in keiner Weise aufgehen: Es war, als wollte man eine Trillerpfeife gegen ein Klavier eintauschen. Nicht auf Kosten der Toten zu spekulieren, entsprang gewiß keiner stolzen und ehrenwerten Absicht: Die Wahrheit ist, daß es gewichtige und sehr viel weniger gewichtige Tote gab. Und das ist eine Wahrheit, die heute noch – man denke an die täglich neuen Toten, die Radio und Fernsehen uns sozusagen als Nachspeise zum Mittag- oder Abendessen servieren – sehr schwer auszusprechen und noch sehr viel schwerer zu akzeptieren ist. »Ihr Toten seid nicht alle gleich«, sagte an einer Stelle Hèctor in der herrlichen Komödie von Jean Giraudoux mit dem Titel *Der Trojanische Krieg findet nicht statt* (ein Bonmot, das vom Regime De Gaulles jedesmal zensiert wurde, wie mir der Sohn des Komödienautors erzählte).

Jene einhundertvierzehn waren bestimmt nicht »gleichrangig«: Und so tauchen sie in der Chronik nicht auf, da sie alle Rechte bereits an dem Tag verloren, als sie ihren Fuß in die Strafanstalt setzten und »Strafsklaven« wurden. Und weil sie nun mal nicht in der Chronik auftauchen, wurden sie auch von der Geschichtsschreibung vergessen. Nur ihrer Strafe waren sie bis zum Tod ausgesetzt, ja wurden selbst des Todes beraubt und mußten außerdem ein zweites Massaker über sich ergehen lassen: ein Massaker nicht an ihren Leibern, sondern am Gedenken an sie.

Dezember 1982 – Januar 1983

WIE EINE GROSSE KLAMMER IM SATZ

Der Kanonenschlag der Revolution von 1848 erreichte Pantelleria in derart abgeschwächter Form, daß man ihn beinahe gar nicht gehört hätte (im übrigen liegt die Insel ja viel näher bei Tunesien als bei Sizilien), wären da nicht gewisse Leute gewesen, die ihre Ohren gespitzt hatten. Es waren die, die Verwandte in den Gefängnissen hatten, und obendrein die wenigen Liberalen, die dank der politischen Exilierten – die zur Verbüßung ihrer Strafe auf die Insel geschickt worden waren – in antibourbonischem Gedankengut groß geworden waren. Im Vergleich zu Palermo fand die Revolution mit einer Verspätung von zwei Monaten statt; es handelte sich jedoch um einen Sturm im Wasserglas, der sich in Form von Geschrei, Demonstrationen, gezückten Gewehren, aus denen kein Schuß abgegeben wurde, zeigte. Doch der Wirbel war dem bourbonischen Kommandanten des Kastells mehr als genug, so daß er sich, nachdem er sicheres Geleit erhalten hatte, mit der gesamten Garnison auf dem erstbesten Schiff einschiffte und im Handumdrehen verschwand. Am sechsundzwanzigsten März bildete sich ein provisorisches Komitee für die Ortsverwaltung: Beinahe überflüssig zu erwähnen ist, daß sich unter den vierzig Mitgliedern nicht ein Mitglied liberaler oder republikanischer Gesinnung befand. Vorsitzender wurde der Erzpriester D'Ajetti, zweiter Vorsitzender der Rechtsanwalt Francesco D'Ajetti, der sich während der Aufstände im Jahr 1820 ausgezeichnet hatte, indem er dem Bourbonenkönig hundert »groß und kräftig gewachsene« Soldaten schickte, die er aus eigener Tasche besoldete. Mit anderen Worten: Die Stadthonoratioren hatten sich angesichts der Ereignisse in den ersten Tagen des Monats sogleich in Sicherheit gebracht und sorgten so dafür, daß alles weiterlief, als wäre weder auf Pantelleria noch im Rest der Welt, Palermo inbegriffen, etwas geschehen.

Geschehen war aber, daß auf der Insel ein Mann lebte, der zu viele Rechnungen mit den Leuten offenstehen hatte: Es handelte sich um Don Federico Nedele, Zolleintreiber und Polizeichef, ein Junggeselle, dem der Ruf großer Rigidität anhaftete. Dieser Gentleman liebte es nämlich, die Schuldigen in aller Öffentlichkeit zu foltern, bevor er sie in den Kerker warf. Er hatte mitten auf den Platz von Piano Piccolo einen Hocker stellen lassen, auf den der Verurteilte bäuchlings geschnallt wurde, das nackte Hinterteil offen zur Schau gestellt, ihm verpaßte er so viele Peitschenhiebe, wie die Inspiration und die Laune des Augenblicks ihm eingaben, denn der Herr Zolleintreiber, der in Sachen Gesetzesparagraphen und Pandekten völlig unbeschlagen war, ging nach dem sogenannten System »Trommelfeuer« vor. Er beschränkte sich jedoch nicht auf blutige Peitschenhiebe; der Historiker Angelo D'Ajetti schreibt in seinem *Libro dell' Isola di Pantelleria* (*Buch der Insel Pantelleria*), »daß Don Federico andere Kriminelle, die sich schwerer Vergehen schuldig gemacht hatten, aufs Schafott gebracht hat«. Als sich dann ein schwacher Schatten von Revolution zeigte, war der erste Gedanke derer, die es bereits mit Don Federico zu tun gehabt hatten, ihn in ihre Gewalt zu bringen. Don Federico aber hatte sich zusammen mit seiner alten Mutter und dem Stiefbruder Giuseppe Pineda in seiner Villa verschanzt, die genau in Piano Piccolo stand (dem Steuereintreiber gefiel es offensichtlich, auch bei der Arbeit dem heimischen Herd nahe zu sein; vielleicht konnte die alte Mutter so vom Fenster aus hin und wieder einen Blick auf den Zeitvertreib ihres Söhnchens werfen, das mit der Peitsche zugange war). Er hatte sich derart gut verschanzt, daß ein erster Überfallversuch in einer allgemeinen Flucht der Angreifer endete. Darauf beschlossen sie, einen Kunstgriff anzuwenden. Eine Abordnung begab sich zu dem wichtigsten Mann der Insel, mit dem Don Federico sehr gut bekannt war, und überredete ihn, an die Tür des Zolleintreibers zu klopfen mit der Versicherung, daß sie ihm kein Haar krümmen würden, nur einige Erklärungen von ihm wollten. Die Annahme, daß ein Ehrenmann sich wie ein Köderfisch verhält und sofort den Angelhaken schluckt, bedeutet der Tradition der Mafia Unrecht zu tun; offensichtlich muß es noch andere, uns nicht bekannte Gründe gegeben haben, weshalb der Mafioso an jene Tür klopfte. Als Giuseppe Pineda den Ehrenmann erkannte, machte er auf. Dann war alles nur noch eine Frage von Sekunden: Die Menge stürzte ins Haus, als erster wurde Pineda mit einem Pistolenschuß kaltgestellt, als zweiter Don Federico, der vor Schreck nichts besseres gewußt hatte, als sich in die Arme seiner Mutter zu flüchten.

Während der Kopf des Steuereintreibers auf ein Schwert gespießt im Prozessionszug durchs Dorf getragen wurde, schnaubte und schimpfte der Mafioso (zumindest tat er so), daß er das unschuldige Opfer eines Betrugs geworden sei. Am selben Abend versammelten sich einige Männer, die »den Kopf auf den Schultern trugen« (der Ausdruck stammt von dem Historiker D'Ajetti).

Tags darauf übernahm Vito Salsedo, einer, dem man bei Dunkelheit besser nicht über den Weg lief, die Befehlsgewalt über eine Gruppe von Vigilanten: Vierundzwanzig Stunden später setzte er fünfzehn Personen gefangen, die laut Volksstimme an der Ermordung Don Federico Nedeles beteiligt gewesen waren, und ließ sie alle zusammen in einen Raum ins Kastell sperren. Am selben Tag rüsteten sich die Autoritäten des Dorfs, um auf die Jagd zu gehen. Doch anstatt durch Wälder und über Hügel zu pirschen, strömten sie zum Kastell. Die Tür des Zimmers, in dem die fünfzehn Gefangenen waren, wurde aufgeschlossen, und die angesehenen Herrschaften eröffneten das Feuer, schossen blind nach Art einer Dorfsafari in den Haufen und massakrierten alle. Und wie es sich nach jeder erfolgreichen Jagdpartie gehört, fand sich am folgenden Sonntag eine heitere Brigade von dreihundert Personen (Salsedo, seine Männer und die ehrenwerten Jäger) auf dem Anwesen von Giuseppe Maltese in Buccuram ein. Sie ließen sich zu einem Freudengelage, einer Riesenfresserei und -sauferei nieder, die in die Annalen eingegangen ist.

Anfang Juli desselben Jahres wurde Salsedo erwartungsgemäß von unbekannter Hand erschossen. Am sechsundzwanzigsten des Monats beschloß der Bürgerrat einstimmig, daß auf dem Grab von Salsedo ein Gedenkstein aufgestellt werden solle mit der Inschrift: »Für den, der alle Guten vor der drohenden Gefahr gerettet und dem Vaterland die ersehnte Ruhe zurückgegeben hat«.

Der Pfarrer von Pantelleria muß taub und blind gewesen sein, denn im Sterberegister der Hauptkirche fehlen die Namen der fünfzehn Personen, die wie Hasen oder Wachteln abgeknallt wurden.

Versteht man den unklaren Satz von Angelo D'Ajetti richtig (»die Melderegister der Gemeinde enthalten das nicht«), kann man sicher sein, daß das örtliche Totenregister aus dem Jahr 1848 sicherheitshalber schon vor Zeiten verschwunden ist.

Die weit- und hellsichtigen Phönizier gaben der Insel Pantelleria den Namen *'Yrnm*, »Straußeninsel«.

Diese ausführliche Klammer widme ich Gaetano Attard, über den schlecht zu denken ich sehr oft versucht war: Er trug zumindest die Namen der einhundertvierzehn in das Register ein und bewahrte es auf.

ANHANG

Wie schon gesagt, ich bin kein Historikerkopf, und nun, am Ende des Buchs, wird mir bewußt, nur wenige Geschichtsbücher konsultiert und keinen Fuß in ein Archiv gesetzt zu haben, um nach Akten und Unterlagen zu suchen. Jeden Augenblick muß ich also damit rechnen, widerlegt zu werden. Doch man muß mir glauben, über jedes Dementi wäre ich wirklich glücklich. Mein Ansinnen ist, das zweite Massaker, das der Erinnerung, auf irgendeine Weise wiedergutzumachen. Man verzeihe mir auch meine Ausdrucksweise, das Grelle und Ungehobelte darin, das gewiß nicht zu einem Historiker paßt. Ich halte ein einziges, unanfechtbares Dokument in den Händen, und zwar das Totenregister, das ich schon mehrfach genannt habe. Die Namensliste wurde mit Engelsgeduld von Pepé Fiorentino übertragen, ich tue nichts weiter, als sie abzuschreiben:

1) Lentini, Francesco, 28 Jahre, aus Castelvetrano
2) Galluzzo, Salvatore, 33 Jahre, aus Castelvetrano
3) Arnone, Salvatore, 30 Jahre, aus Sommatino
4) Amorello, Francesco Paolo, 53 Jahre, aus Caltanissetta
5) Amodeo, Antonino, 42 Jahre, aus Palermo
6) Cucchiara, Antonino, 36 Jahre, aus Salemi

7) Dialupo, Giuseppe, 45 Jahre, aus Alcamo
8) Turriciano, Paolo, 30 Jahre, aus Calatafimi
9) Asta, Giuseppe, 33 Jahre, aus Salemi
10) Amodeo, Isidoro, 34 Jahre, aus Misilmeri
11) Alessi, Giuseppe, 43 Jahre, aus Valledolmo
12) Bianco, Nicolò, 33 Jahre, aus Gibellina
13) Bottitta, Salvatore, 36 Jahre, aus Leonforte
14) Bonsignore, Liborio, 38 Jahre, aus Sommatino
15) Bonincontro, Giuseppe, 48 Jahre, aus Barrafranca
16) Augugliaro, Giuseppe, 31 Jahre, aus Monte San Giuliano
17) Cefalia, Saverio, 34 Jahre, aus Piana dei Greci
18) Calatabellotta, Gaetano, 25 Jahre, aus Lercara
19) Curcio, Castrenzio, 39 Jahre, aus Monreale
20) Castelli, Nicolò, 44 Jahre, aus Trapani
21) Culmo, Carmelo, 36 Jahre, aus Niscemi
22) Cornuccio, Vincenzo, 37 Jahre, aus Chiusa
23) Cammarata, Antonino, 37 Jahre, aus Salemi
24) De Marco, Calogero, 27 Jahre, aus Mistretta
25) Diana, Pietro, 30 Jahre, aus Villarosa
26) Diana, Alberto, 30 Jahre, aus Monte San Giuliano
27) D'Aguanno, Carlo, 34 Jahre, aus Monte San Giuliano
28) De Francisci, Giuseppe, 22 Jahre, aus Palermo
29) D'Angelo, Giuseppe, 29 Jahre, aus Salemi
30) De Franco, Benedetto, 56 Jahre, aus Lonci

31) D'Affronto, Francesco, 31 Jahre, aus Misilmeri
32) D'Anna, Luciano, 35 Jahre, aus Corleone
33) De Pasquale, Fortunato, 41 Jahre, aus Rodi
34) Denaro, Vito, 28 Jahre, aus Mazara
35) D'Angelo, Benedetto, 29 Jahre, aus Barrafranca
36) Dibetta, Giuseppe, 28 Jahre, aus Palermo
37) Fusco, Giacomo, 27 Jahre, aus Termini
38) Furnari, Paolo, 36 Jahre, aus Palermo
39) Farinella, Giuseppe, 30 Jahre, aus Santa Catarina
40) Fasulo, Pietro, 30 Jahre, aus Partanna
41) Figuccia, Nicolò, 44 Jahre, aus Palermo
42) Figuccia, Francesco, 47 Jahre, aus Marsala
43) Figuccia, Giuseppe, 37 Jahre, aus Marsala
44) Foderà, Antonino, 29 Jahre, aus Mazara
45) Flama, Paolo, 29 Jahre, aus Piazza Armerina
46) Giammarinaro, Giuseppe, 25 Jahre, aus Castellammare
47) Giglio, Salvatore, 39 Jahre, aus Salemi
48) Garao, Benedetto, 29 Jahre, aus Piazza Armerina
49) Garlisi, Francesco, 50 Jahre, aus Vita
50) Gagliano, Domenico, 29 Jahre, aus Bagheria
51) Bonsignore, Ernesto, 33 Jahre, aus Castelvetrano
52) Indelicato, Ignazio, 36 Jahre, aus Marsala
53) Lombardo, Paolo, 35 Jahre, aus Trapani
54) Lo Monaco, Antonino, 33 Jahre, aus Piana dei Greci

55) Sapio, Ignazio, 39 Jahre, aus Giuliana
56) Lampasona, Calogero, 23 Jahre, aus Sommatino
57) Lascari, Vincenzo, 29 Jahre, aus Piana dei Greci
58) Lo Cicero, Giovanni, 29 Jahre, aus Sferracavallo
59) Li Puma, Alberto, 29 Jahre, aus Alimena
60) Monaco, Spoto Domenico, 30 Jahre, aus Cinisi
61) Marino, Giuseppe, 32 Jahre, aus Salemi
62) Montalbano, Antonio, 30 Jahre, aus Bisacquino
63) Melodia, Lorenzo, 35 Jahre, aus Palermo
64) Mannino, Vincenzo, 31 Jahre, aus Corleone
65) Montalbano, Giorgio, 28 Jahre, aus Piana dei Greci
66) Mistretta, Stefano, 35 Jahre, aus Salemi
67) Miceli, Giuseppe, 32 Jahre, aus Lercara
68) Massaglia, Croce, 32 Jahre, aus Leonforte
69) Mineo, Giosuè, 26 Jahre, aus Marsala
70) Martorana, Natale, 25 Jahre, aus Palermo
71) Montalto, Antonino, 30 Jahre, aus Trapani
72) Mandina, Francesco, 36 Jahre, aus Gibellina
73) Modica, Giuseppe, 45 Jahre, aus Palermo
74) Macaluso, Filippo, 29 Jahre, aus Partinico
75) Mangiapane, Gaetano, 27 Jahre, aus Monte San Giuliano
76) Macaluso, Gaetano, 26 Jahre, aus Monreale
77) Patti, Gaspare, 45 Jahre, aus Salemi
78) Petrone, Andrea, 32 Jahre, aus Alcamo

79) Piacentino, Salvatore, 57 Jahre, aus Trapani
80) Parrinello, Vito, 39 Jahre, aus Marsala
81) Perrino, Giacomo, 37 Jahre, aus Castellammare
82) Pirrone, Salvatore, 37 Jahre, aus Bisacquino
83) Palazzolo, Domenico, 32 Jahre, aus Carini
84) Pillitteri, Salvatore, 38 Jahre, von der Insel L'Anasa (Linosa)
85) Pennino, Vito, 65 Jahre, aus Alcamo
86) Puleo, Felice, 47 Jahre, aus Salice
87) Purpora, Nunzio, 26 Jahre, aus Carini
88) Rinaldi, Giovanni, 33 Jahre, aus Barrafranca
89) Russo, Anselmo, 46 Jahre, aus Comiso
90) Rejna, Salvatore, 36 Jahre, aus Corleone
91) Romeo, Giuseppe, 38 Jahre, aus Marineo
92) Rizzo, Gaetano, 34 Jahre, aus Santa Catarina
93) Renda, Vincenzo, 25 Jahre, aus Alcamo
94) Raggea, Salvatore, 28 Jahre, aus Montelepre
95) Ransa, Francesco Paolo, 40 Jahre, aus Piazza Armerina
96) Russo (eigentlich Messina), Giuseppe, 32 Jahre, aus Piazza Armerina
97) Spera, Giuseppe, 31 Jahre, aus Corleone
98) Suppa, Filippo, 42 Jahre, aus Calatafimi
99) Schifano, Paolino, 25 Jahre, aus Sutera
100) Sparta, Nicolò, 30 Jahre, von der Insel Favignana
101) Spitale, Benedetto, 38 Jahre, aus Piazza Armerina
102) Senia, Giacomo, 63 Jahre, aus Favignana

103) Tomaselli, Gaetano, 43 Jahre, aus Palermo
104) Testuzza, Michele, 28 Jahre, aus Cirami
105) Terrana, Francesco, 46 Jahre, aus Serradifalco
106) Torregrossa, Modestino, 27 Jahre, aus Piazza Armerina
107) Terranova, Giovanni, 31 Jahre, aus Salaparuta
108) Vena, Santo, 34 Jahre, aus Gangi
109) Vizzini, Custode, 39 Jahre, aus Petralia Sottana
110) Zammataro, Alfio, 31 Jahre, aus Riposto
111) Lissandrello, Rosario, 32 Jahre, aus Terranova
112) Pomara, Vincenzo, 34 Jahre, aus Corleone
113) La Duca, Pasquale, 30 Jahre, aus Vallelunga
114) Larussa, Giovanni, 32 Jahre, aus Montemaggiore

INHALT

PIPER

Andrea Camilleri

Die sizilianische Oper

Roman. Aus dem Italienischen von Monika Lustig.
271 Seiten. Geb.

Ein Roman, so stimmungsreich, deftig und schwungvoll wie eine italienische Oper zu Zeiten, als Italien noch ein Königreich war: Im sizilianischen Städtchen Vigàta wird eine umstrittene Opernaufführung zum Zankapfel zwischen der Präfektur und den gewitzten Vigatesern. Nach dem gründlichen Mißlingen des feierlichen Abends steht dann auch noch das Theater in Flammen. Verdächtige gibt es jede Menge, doch wer von ihnen würde tatsächlich so weit gehen? Köstliche Charaktere, pralle Erotik, viel Lokalkolorit und ein rasantes Erzähltempo – all das macht »Die sizilianische Oper« zu einem der besten Romane Camilleris.